Christof Messerschmidt
Sarg und Sense
Geschichten aus dem Leben

CHRISTOF MESSERSCHMIDT

SARG UND SENSE

GESCHICHTEN AUS DEM LEBEN

einhorn

© 2024 by einhorn-Verlag+Druck GmbH

Gesamtherstellung
einhorn-Verlag+Druck GmbH, Schwäbisch Gmünd

Text
Christof Messerschmidt

Redaktion
Felix Pflug, einhorn-Verlag
Celina Grün, einhorn-Verlag

Produktion und Titelgestaltung
Jens Giese, einhorn-Verlag

Satz
Lukas Hable, einhorn-Verlag

ISBN 978-3-95747-168-0

1. Auflage März 2024
Printed in EU

www.einhornverlag.de

Meiner Familie

VORWORT

Geschichten, die vom Sterben handeln, erzählen vom Leben. In meinem Beruf als Pfarrer begegnet mir der Tod. Menschen im Sterben und Angehörige auf ihrem Weg der Trauer zu begleiten, ist guter Pfarralltag. Dabei geht es immer um das Leben: Was hält es für Menschen alles bereit, welche Schätze sind in ihm verborgen, welche humorvollen, überraschenden Seiten hat das Leben zu bieten, gerade angesichts des Todes?

Nicht immer, aber oft, wird in Trauergesprächen auch gelacht. Neben allem Ernst und neben aller Tragik, die das Leben bereithält, soll in den folgenden Geschichten auch die Seite des Lebens aufscheinen, die einen wenigstens lächeln lässt. Vielleicht gelingt es so, besser mit der eigenen Endlichkeit zurechtzukommen und das Leben als ein herrliches Geschenk wahrzunehmen. Wenigstens mir hat die Begegnung mit Menschen am Ende ihres Lebens oder mit Trauernden gezeigt, wie reich das Leben sein kann – auch wenn es endlich ist.

Dankbar bin ich allen, die mich zum Schreiben ermutigt haben.

INHALT

WIE IMMER

Als er die Schranktüre öffnet, fallen einige Plastiktüten auf den Boden. Er bückt sich, nimmt eine in die Hand. Sie sind sorgfältig gefaltet und der Aufdruck des Supermarktes ist verblasst. Er sieht seine Mutter vor sich, in ihrer Schürze, das Haar auf dem Hinterkopf zu einem Dutt zusammengesteckt und mit einem Zopf umflochten. Wie sie am Küchentisch steht, erst das Gemüse und dann die anderen Dinge aus den Tüten packt. Alles hat seinen Platz. Aufgereiht und sortiert stehen Konserven und Nudeln im Schrank. Auch im Kühlschrank ist mit einem Blick alles erfasst. Die Etiketten immer nach vorne, der angefangene Joghurt deutlich von den anderen abgesetzt. Zwei Mal faltet sie die Tüte, streicht sie glatt und legt sie in den Schrank. Beim nächsten Einkauf wird sie wiederverwendet. Früher hat er sie begleitet auf dem Weg durch die Läden. Sie geht nur einmal in der Woche einkaufen. Mit einem Einkaufszettel, den sie nach ihrem Speiseplan schreibt. Der wird jede Woche auf dem abgerissenen Rand der Tageszeitung notiert und an die kleine Pinnwand neben dem Küchenschrank geheftet. Wie es da geschrieben steht, so wird gekocht. Ihre Handschrift hat in den letzten Jahren an Sorgfalt verloren, aber er kann sie immer noch gut lesen. »Mo: Pfnkuchn + Apfelbrei. Di: Kartoffelsuppe. Mi: Reste. Do: Ofenschlupfer. Fr: Bubenspitzle und Kraut Sa: w. i. So: Besuch bei Herta.«

Ihm ist, als könnte er die Speisen riechen. Sie steigen vom Einkaufszettel direkt in seine Nase, die säuerliche Süße des Apfelbreis, der Ofenschlupfer, die mit Senf und Honig verfeinerte Salatsoße, der Schnittlauch. Seine Mutter war eine gute Köchin. Sie hat viel von ihrer Mutter gelernt und einiges auf der »Mütterschule«.

Das Brot hat sie immer ohne Brett geschnitten: Den Laib mit der Linken unter die Brust geklemmt und das gewellte Messer unter dem Rand angesetzt. Wie ein Chirurg konnte sie den Schimmel vom Brot trennen, der Rest kam auf den Tisch. »Essen wird nicht weggeworfen«, sagte sie und wischte mit ihrer Hand Mehlreste von der Schürze, die sich, während sie zu Boden fielen, in Nichts auflösten. Schließlich habe sie noch die schlechte Zeit erlebt und die heimkehrenden Männer, die gerne die vom Schimmel befreite Brotscheibe gegessen hätten und aussahen »wie der Tod«. Als Kind versuchte er, sich das vorzustellen. Für ihn war der Tod farblos wie der Wind. Eine wehende Macht, die über einen kommt und das Leben mitnimmt. Sich so nährt und weiterzieht und in Gesichtszüge eingräbt.

»Was auf den Tisch kommt, wird gegessen« war auch so eine eiserne Regel, auf deren Einhaltung sie in aller Strenge pochte. Bis heute wird ihm beim Geruch von Rosenkohl übel. Sie hat ihn einmal den Teller leer essen lassen, Rosenkohl, Kartoffelbrei. Der Brei war himmlisch. Aber der Rosenkohl! Mit der Gabel stocherte er in den einzelnen Röschen herum, die schon kalt waren. Er hatte schon alles probiert: ganze Röschen ohne zu kauen, die dann aber nicht durch die Speiseröhre passten, oder sie so klein wie möglich zu schneiden. Der Teller wurde nicht leerer. Er würgte alles in sich hinein, die Tränen liefen ihm über die Wangen und er spürte die Mutter hinter sich.

Er ist ihr einziges Kind. Seinen Vater hat er nie gekannt. Er ist kurz nach seiner Geburt schwer erkrankt und verstorben. An den Vater erinnerte nur das Hochzeitsfoto, das auf dem Nachttisch der Mutter stand. In einem gewellten Silberrahmen. Jeden Abend wünschte sie ihrem Mann eine gute Nacht und wenn es etwas zu besprechen gab, dann sprach sie mit dem Bild. Einmal in der Woche wurde der Vater abgestaubt. Andere Männer gab es im Leben der Mutter nicht. Er wuchs mit ihr allein auf. Hier am Rande der Welt. Sie hatte das kleine Haus am Waldrand geerbt. Auf dessen Südseite beginnt unmittelbar ein steil ansteigender Fichtenwald, in dem er seine halbe Kindheit zugebracht hat.

Direkt am Haus fließt der Waldbach vorbei. Auf der Nordseite und östlich vom Haus erstrecken sich Wiesen, Weiden und der Blick über das Tal. Kein anderes Haus war zu sehen. Bis heute nicht. Jenseits des Randes will keiner wohnen. Die Wege zu weit, die Einsamkeit zu groß, zu wenig Sonne. Auf der Westseite des Hauses führte der Weg gut einen Kilometer in Serpentinen nach oben und auf der Höhe war der Ort, in dem sich alles befand, was nötig war. Nur die Bücherei und die Nudelfabrik waren ebenso verschwunden wie die zwei Telefonzellen.

Er setzt sich an den Tisch, auf seinen Platz, an der langen Seite, mit Blick auf die aufgestellten Familienfotos auf dem Buffet. Die Mutter war die Jüngste von sechs Schwestern und manchmal nahm sie die Fotos in die Hand, legte die Brille auf den Tisch, strich mit der Handfläche über die Gesichter: »Jetzt hab' ich euch alle überlebt.«

Heute ist Samstag. Wäre er vor zwei Wochen hier gewesen, wäre alles anderes gewesen, alles wie immer. Er hätte, vor dem Öffnen der Haustüre, einmal tief Luft geholt, den Duft der Fichten und des frischen Wassers aufgenommen, kurz an die Holztüre geklopft, mit der Schulter ein wenig gegen die Türe und mit der Hand den Griff gedrückt – nur so war sie zu öffnen. Sofort wäre ihm der Geruch der Bratwürste entgegengekommen. Noch nie gab es samstags ein anderes Essen: »w. i.« – wie immer. Die Mutter hätte sich kurz zu ihm umgedreht, über ihre mit Dampf beschlagene Brille geschaut, »ist gleich so weit«, gerufen und sich wieder den Kartoffeln zugewandt. Er hätte sich hingesetzt, an den schon gedeckten Tisch mit der ausgeblichenen Blumentischdecke aus Plastik, einen Blick in die aufgeschlagene Lokalzeitung geworfen und bemerkt, dass das feine Geschirr, das mit dem Goldrand, auf dem Tisch stand, obwohl Samstag war. Nach dem Essen wäre er den Stapel Post mit ihr durchgegangen. Er hätte mit ihr einen Gang durch den Garten gemacht, in dem sie trotz ihres Alters immer noch, manchmal auf den Knien und unter Schmerzen, Salat, Kräuter, Gurken anbaute. Die Erde des ganzen Gartens war durch ihre Hände gegangen. Mehrmals. Sie hätten sich auf die Bank vor dem Haus gesetzt, ein Stück Apfelkuchen auf dem Teller, und geredet oder geschwiegen, dem Kreisen des Falken zugeschaut. Länger als drei, vier Stunden blieb er selten.

Jetzt ist die Mutter weg und doch noch da. Nie mehr würde jemand ihren Kartoffelsalat machen oder den Apfelkuchen. Mit ihr war auch ihr Essen aus der Welt verschwunden. Gleichzeitig spürt er sie neben sich. Hört sie atmen. Wie ihre Schlappen beim Gehen an ihre Fußsohlen schlagen und die Kittelschürze knistert. Wie sie ihn anlächelt und über sein Haar streicht, die Hand auf die Stirn legt. Er war wieder zu Hause, war wieder Sohn. Draußen fährt ein Schlepper vorbei. In der Ferne bellt ein Hund.

KINDERFRAGEN NERVEN

»Warum ist das Wasser blau?«

Kinderfragen können nerven. Sie können dich zur Weißglut bringen. Da denkst du, du weißt vieles und du hast das Leben im Griff und weißt, wie der Hase läuft. Und dann kommen die Fragen, auf die du keine Antwort weißt. Genauer gesagt: Du weißt eine Antwort. Sogar eine sehr gute, eine zutreffende und die einzige Reaktion deines Kindes ist: »Warum?«

Es fragt immer weiter »warum?«, bis es mit der Antwort zufrieden ist. Das kann dauern. Das kann nerven. Ziemlich nerven.

Weil die Frage auch zu einer Zeit kommt, in der du nicht kurz mal bei Wikipedia nachschauen oder einen Telefonjoker ziehen kannst. Du bist auf dich allein gestellt, wie Leonardo di Caprio in ›The Revenant‹.

Es kann sein, dass du im Bett liegst, schläfst, dich erholst von den Strapazen des Alltags und dein Kind morgens um fünf Uhr ins Schlafzimmer kommt, sein Kuscheltier unterm Arm, hellwach, und dich fragt: »Warum ist das Wasser blau?«

Da bringt es dir absolut nichts, dir Gedanken zu machen, nach Worten zu ringen, den Schlaf aus den Augen zu wischen oder müde zu raunzen: »Geh wieder ins Bett und komm wieder, wenn es hell ist.« Denn die Frage raubt deinem Kind den Schlaf. Und du bist ein guter Vater.

Es braucht eine Antwort. Es wird auch nicht zufrieden sein mit der Antwort: »Weißt du, unser Auge nimmt Licht in einer bestimmten Frequenz als blau wahr.« Es wird dich anschauen und fragen: »Warum?« Dann kannst du deine Kenntnisse als Hobbyanthropologe und Kenner des menschlichen Auges loswerden und über Lichtbrechung und Krümmung der Linse und was weiß ich noch alles reden und dein Kind wird dich fragen: »Warum?«

Es kann auch sein, dass du Auto fährst. Du warst mit deiner Familie auf einem Familienfest. Alle haben überlebt und sitzen wieder im Auto. Der Tag war anstrengend. Deine Nerven liegen blank. Dein Augenlid zittert, wie immer, wenn dir Schlaf fehlt. Dein Kind hat Torte gegessen und in die Saitenwurst gebissen und Cola getrunken. Selbst im Auto schläft es nicht.

»Warum fahren Autos, Papa?« Du suchst nach einer Antwort, du schaust deine Frau an: »Erklär du das. Ich muss fahren!«

»Immer wenn es schwierig wird, kneifst du«, sagt sie und schaut aus dem Fenster.

»Hast du gesehen, wie deine Mutter mich die ganze Zeit angeschaut hat?«, spricht sie ins Fenster hinein und dein Kind hat nach wie vor Wissensdurst: »Warum fahren Autos?«

Du siehst im Rückspiegel, dass es mit dem Schlaf kämpft. Du kannst die Zeichen der Zeit deuten. Es braucht eine Antwort, sonst brüllt es, weil es Frieden braucht, um schlafen zu können.

Du versuchst es nochmals: »Kannst du das nicht machen? Gib ihm eine Antwort, dass er zufrieden ist. Meine Mutter hat geschaut wie immer.«

»Genau, wie immer. Gut, damit du das merkst. Die schaut mich immer so an.«

»Warum können Autos fahren? Papa, warum?«

»Er will von dir eine Antwort. Da geht es auch um eure Männerbeziehung. Autos sind doch so eine klassische Vater-Sohn-Geschichte.«

Sie dreht den Kopf nach vorne und setzt sich ihre Sonnenbrille auf.

»Ich dachte, wir wollten diese Rollenklischees nicht fördern. Er bekommt eine Puppe, wenn er eine will. Und wir bedienen nicht die klassischen Mann-Frau-Klischees. Ich koche und putze ab und zu und du schwingst auch mal das Beil, um Holz zu machen.«

»Konzentrier dich auf den Verkehr. Die Ampel ist rot. Und gibt ihm endlich eine Antwort. Sonst brüllt er gleich.«

»Ich habe keine Ahnung, warum Autos fahren,« sagst du und setzt den Blinker und fährst auf die Autobahn.

Dein Kind brüllt. Stufe eins und Stufe zwei und du siehst, wie es alle Kräfte sammelt für Stufe drei.

Kinderfragen können nerven. Bei aller Liebe.

Ein andermal sitzt du über der Rührschüssel und bläst. Die Innenseiten deiner Wangen kribbeln, deine Augen treten aus ihren Höhlen und du bläst. Sanft und mit aller Macht versuchst du, das Ei aus der Eierschale zu blasen. Ostern steht vor der Tür.

Das Kind will Eier ausblasen und die Eier dann bemalen. In der Schüssel schwimmen Eigelb und Eiweiß von vier Eiern, aber es will noch mehr.

Also bläst du.

Das Kind hält das ausgeblasene Ei in der Hand. Beginnt Wolken auf die Eierschale zu malen. Sieht ganz in sich versunken aus und schweigt.

Solange es schweigt, fragt es nichts.

Also lobst du es für die Grazilität der Wolken, für den feinen Schwung des Stiftes und holst das letzte Ei aus dem Karton.

Vorsichtig piekst du ein Loch in das Ei, auf der dicken Seite und ein kleineres auf der spitzen Seite. Setzt an und du spürst, wie die Wangen sich spannen und dir Tränen in die Augen steigen.

»Finde ich die Tür in den Himmel, wenn ich mal tot bin?«, wirst du von rechts gefragt. Und hörst auf zu blasen.

Du setzt das Ei ab und spürst der Frage in dir nach. Was willst du da antworten? Aus dem Augenwinkel beobachtest du, dass das Kind weitermalt. Eine grüne Wiese unter den Wolken und jetzt eine Tür in die Wolken hinein.

In dir tauchen alle Gedanken zur Auferstehung der Toten, zum Eingehen ins Nirvana, zur Reinkarnation auf und du suchst nach einer möglichen Antwort für dein Kind. Damit es nicht weiter fragen wird.

»Ich muss mir mal kurz die Hände waschen und etwas trinken«, ist deine erste Reaktion, weil du Zeit schinden willst.

»Denk nach. Sag doch einfach ›ja‹, dann ist es beruhigt.« So beginnt dein innerer Dialog.

»Oder lenk es ab. Frag es, ob es etwas essen will. Oder trinken. Oder Schokolade? Gummibärchen?«

Jetzt legt es das Ei aus der Hand und kaut auf dem Stiftende und blickt auf sein Kunstwerk. Gleich wird es nochmals fragen.

Also nimmst du besser wieder das Ei in die Hand, beugst dich über die Schüssel, schließt die Augen und bläst.

Es wirkt. Es hat den Stift wieder in die Hand genommen und beginnt einen Hasen in die Wiese zu malen und beginnt zu reden: »Natürlich finde ich die Tür in den Himmel«, sagt es, und du erstarrst in deiner Bewegung.

»Ich hab sie ja schon mal gefunden, als ich auf die Welt gekommen bin«, sagt es und legt das Ei nach einer prüfenden Bewertung zu den anderen ins Nest aus Papiergras.

»Noch einmal kräftig blasen«, sagt es, »dann hast du es geschafft.«

Es steht neben dir und klopft dir auf die Schulter.

REHE

I

Anita setzt sich an den Küchentisch, Stirnseite, an ihren Platz. Die Ledertasche wirft sie auf den Stuhl neben sich und schaut aus dem Fenster. Als der 19-Uhr-Zug vorbeifährt, vibriert der Boden unter ihren Füßen, Gläser klirren kaum hörbar im Schrank. Stefan erzählt von seinem Termin im Rathaus, sie hat vergessen, worum es in seinem Artikel gehen soll. Es ist dunkel geworden, sie kann sich im Fenster sehen und auch Stefan von hinten. Er wendet ein Schnitzel im Mehl, zieht es durch das verquirlte Ei und hält es mit Daumen und Zeigefinger hoch. Immer wenn er es in das Paniermehl drückt, hebt er den rechten Fuß vom Boden, um das Gewicht zu erhöhen. Eigentlich liebt sie Schnitzel. Wann hat sie zuletzt etwas gegessen? Er erzählt einfach weiter und Anita ist froh, als er den Dunstabzug anmacht.

Sie sucht in ihrer Tasche nach Zigaretten, irgendwo müssen sie sein. Stefan hasst es zwar, wenn sie während des Kochens raucht, aber heute geht es nicht anders. Beim Anzünden der Zigarette zittern ihre Hände. Davon ist sie so irritiert, dass sie für einen Moment nur auf die flackernde Flamme starren kann. Als Stefan ein Glas Wasser vor sie hinstellt, zuckt sie zusammen. »Trink was«, sagt er, »das hilft.« Er lächelt schwach und wendet sich dem Fett in der Pfanne zu. Wie immer testet er mit dem Stielende des Rührlöffels, ob das Fett die richtige Temperatur hat. Anita hat diese Geste immer gemocht. So habe ihm das seine Mutter gezeigt, hat er mal erzählt. Das Rauchen beruhigt sie ein wenig, sie schaut aus dem Fenster durch ihr Spiegelbild hindurch. Auf der gegenüberliegenden Seite des Tals lässt sich anhand der Scheinwerfer der Weg der Serpentinen nachempfinden.

Eigentlich lief der Besuch beim Vater wie die letzten Tage auch. Jedes Mal, wenn sie sich der Drehtür am Eingang des Kreiskrankenhauses nähert, stellt sich Anita vor, am Flughafen zu sein. Taxis fuhren vor, Menschen stiegen aus und ein und vor dem Eingang versammelten sich Menschen zum Rauchen. Einer im Rollstuhl saß allein in einer Art Bushäuschen mit der Aufschrift »Raucherpavillon«, von oben floss die Infusion in seine Adern, unten lief der Urin in den Beutel. Zwei verschleierte Frauen eilten zum Eingang, ein Jugendlicher im Bademantel wich ihnen aus, ohne den Blick vom Handy zu nehmen. Der Geruch passt allerdings nicht zu einem Flughafen. So hat es hier schon immer gerochen, auch als sie in ihrer Jugend wegen einer Sprunggelenkverletzung ein paar Tage stationär behandelt werden musste. Ihr Vater hatte damals jeden Abend an ihrem Bett gesessen und mit ihr Karten gespielt, bis die Schwestern ungeduldig worden waren. Jetzt war sie es, die ihn täglich hier besuchte. Den Weg zu seinem Zimmer musste ihr die schlecht gelaunte Empfangsdame nicht mehr erklären. Den Gang nach rechts, an einer Ausstellung lokaler Künstler und der Cafeteria vorbei zum Aufzug. Oben wieder rechts zur Station 19. Intensivstation. Bitte klingeln! Durch das Fenster am Ende des Flurs fiel warmes Sonnenlicht, Anita meinte, die Vögel zu hören, die im Kirschbaum vor dem Fenster saßen. An zwei Zimmern musste sie vorbei. Sie hatte sich angewöhnt, stur auf das Fenster am Ende des Flurs zu schauen und keinen Blick in die beiden anderen Zimmern zu werfen, der Geruch und die Geräusche reichten ihr. Kondensstreifen hatten ein weißes Kreuz in den hellblauen Himmel gemalt. Bevor sie ins Zimmer trat, holte sie noch einmal Luft.

Ihr Vater war bei klarem Verstand aber müde. Seine Augen waren ganz gelb, sie konnte kein Strahlen mehr in ihnen entdecken, als sich ihre Blicke trafen. Er atmete schwer, manchmal rasselte der Atem. »Gestern habe ich der Schwester mit den blauen Augen einen Heiratsantrag gemacht«, sagte er und lächelte, »die ist zwar noch verheiratet, aber das bekomme ich schon hin.« Auf dem Nachttisch lag die Tageszeitung unberührt, daneben ein leerer und ein voller Joghurtbecher. Er hat also gegessen, dachte Anita, zum ersten Mal seit ein paar Tagen. »Ich nehme an, sie hat Ja gesagt. Dir kann ja keine widerstehen«, sagte Anita und sie lächelten beide. Als sie sich zu ihm niederbeugte, um ihn zu begrüßen, drehte er den Kopf zur Seite. »Mein Mundgeruch ist unerträglich«, murmelte er. Anita nahm sich einen der Stühle, setzte sich neben ihn ans Bett, nahm seine Hand. Sie war irgendwie schwer und kalt. Auch die Fingernägel hatten eine gelbliche Farbe angenommen und die Haut auf seinem Arm war porös, an manchen Stellen blau verfärbt. Haut. Adern. Knochen. Mehr nicht. Anita betrachtete seine Hand. An dieser Hand hatte sie ihre ersten Schritte gemacht. Fast ein anderer Mensch, der da vor ihr im Bett lag. Ein Bett, das bei jedem Besuch größer zu werden schien. »Hast du Schmerzen?«, fragte sie. Seine Finger erwiderten schwach ihr Streicheln, sie mochte auch die schwarzen Haare auf seinen Fingerkuppen. Er drehte seinen Kopf zum Fenster, Anita folgte seinem Blick. Am Kirschbaum verfärbten sich schon die ersten Blätter. Wird es schon wieder Herbst? »Einmal noch auf der Bank am Wald sitzen und über die Stadt schauen«, sagte ihr Vater. Das war sein Platz. Oben am Wald hinterm Haus hat sie ihn oft angetroffen, wenn sie zu Besuch gekommen war und ihn im Haus nicht finden konnte. Dort saß er, vor sich seinen Stock aufgestellt und mit Blick in die Weite und über das kleine Städtchen. »Kannst du mir von dem Joghurt geben?«, fragte er und sie nahm gerne den noch vollen Becher Kirschjoghurt, zog den Deckel ab und rührte mit dem Plastiklöffel die hellrote Masse durcheinander. So tauschen sich die Rollen. Anita ertappte sich dabei, wie sie auch den Mund öffnete, als sie ihm den Löffel gab. Sie hatte es sich leichter vorgestellt, jemanden zu füttern. Er schaffte fast den ganzen Becher. Dann schlief er ein.

Als Anita gehen musste, drückte er ihre Hand mit der Kraft, die er noch hatte, und versuchte, sie mit den Augen zu fixieren. »Danke für alles«, sagte er. Anita strich ihm mit der Hand über die Stirn. »Morgen komm ich wieder.« Vor dem Krankenhaus spürte sie angenehm die Sonne auf ihrer Haut.

Der Zug war voll, die Menschen kehrten von der Arbeit zurück. Immer wieder spürte sie den Druck der Hand ihres Vaters. An einem weiteren Bahnhof stiegen Leute ein. Danke für alles. Als der Zug wieder anfuhr, wurde Anita klar, dass er sich verabschiedet hatte. Sie stand auf und wollte zurückrennen, aber im Gang war kein Durchkommen. Sie setzte sich wieder hin.

Als Stefan die Schnitzel in das heiße Öl legt, zischt es laut. Er entkorkt eine Flasche Wein, gießt sich ein, hält das Glas schräg gegen das Licht und nimmt einen Schluck. Er stellt auch ihr ein Glas hin, sie schaut aus dem Fenster. »Mein Vater wird sterben«, sagt sie. In der Wohnung über ihnen wird die Wasserspülung betätigt und es hört sich an, als ob getanzt wird. Anita steht auf, geht mit Glas und Wein ins Schlafzimmer.

II

Anita klopft sich ihre erdigen Hände an der Hose ab und lässt sich auf die Bank fallen. Zufrieden macht sie sich eine Zigarette an und betrachtet ihr Werk. Was für eine Woche. Sie schaut den Rauchwolken nach, die beinahe das Dach des Hauses erreichen, bevor sie sich auflösen. »Das ist mein erster Gang am Morgen und mein letzter am Abend«, hatte ihr Vater immer wieder über diesen Ort gesagt. »Und manchmal kommen die Rehe.« Hinter den drei großen Fichten beginnt es zu dämmern.

Anita und Stefan waren in den letzten Tagen mit den Vorbereitungen der Trauerfeier beschäftigt. Darunter ein Gespräch mit Rudi, dem Bestatter, der mit Anita in eine Klasse gegangen ist. Er hat den Betrieb, ehemals eine Schreinerei, von seinem Vater übernommen und den Heimatort nie verlassen. Seine Familie war nicht nur wegen der Sargschreinerei in der ganzen kleinen Stadt bekannt, auch waren alle Familienmitglieder an einem flaumig roten Haarwuchs sowie zwei übergroßen Vorderzähnen zu erkennen. »Rudihase« war zwangsläufig der Spitzname von Rudi. Er war Anita zu Schulzeiten schon nicht sympathisch, auch weil sie immer den Eindruck hatte, seine Kleidung würde nach den zum Herrichten der Verstorbenen verwendeten Chemikalien riechen. Vor einigen Tagen ist er dann vor ihnen gesessen, hatte sie beide an der Türe empfangen, das Beileid ausgesprochen und sie die Treppe hinunter in den Keller zu seinem Büro geführt, das gleichzeitig sein Verkaufsraum war. Im Treppenhaus ließ sich noch der Duft des Mittagessens erahnen, Anita tippte auf Pfannkuchen und sah, dass Rudi hinkte.

Mit Stefan saß sie ihm an einem Schreibtisch gegenüber, auf dem das Foto seiner beiden rothaarigen Töchter stand, lächelnd mit Zahnspange, hinter ihr wehten die am Ständer aufgehängten Sargdecken und drei Sargmodelle standen an der Stirnseite des Raumes, rechts im Regal waren die Urnen aufgereiht. Anita zog ihre Strickjacke enger an sich und griff nach Stefans Hand. Sie suchte Halt und war dankbar, dass Stefan ihren Griff erwiderte. Die Luft war abgestanden und gleichzeitig steril. »So muss der Tod riechen«, dachte Anita.

Der Vater wollte verbrannt werden, so war es schon beim Tod der Mutter entschieden worden, eine Urne hatte noch im Grab der Mutter Platz. Die Urnenauswahl überforderte Anita, es war wie im Supermarkt, wenn es darum ging, den richtigen Essig zu kaufen. Der Bestatter Rudi informierte sie fachmännisch über Biournen, Keramikurnen, Aluminiumurnen, Edelstahlurnen, handbemalte Urnen, Urnen in den Vereinsfarben des Lieblingsvereins, Natursteinurnen, Glasurnen, Kupferurnen, Stahlurnen, Buddhaurnen und Engelsurnen, bei jeder Form und bei jedem Material konnte er die Vor- und Nachteile benennen. Wie in der Schule früher konnte er ihr auch jetzt nicht in die Augen schauen. Es gab Urnen aus Holz, Designerurnen, die Anita an Raumschiff Enterprise erinnerten. Sie befühlte ovale Formen und zyklische und eckige und runde. Die Urnen heißen Vento, Cuenza, La veri, Blanco oder auch Lüneburg.

Schließlich entschieden sie sich für eine helle, ovale Holzurne. »Die hätte Papa bestimmt gefallen«, waren sich die beiden einig.

Hell und oval stand die Asche des Vaters einige Tage später vorne in der Friedhofskapelle, geschmückt mit einem Blumenkränzchen aus bunten Wiesenblumen. Anita hatte sie in seinem Garten gepflückt und den Kranz geflochten. Vor der Urne ein Bild, das ihn ein paar Jahre jünger und mit Lebensfreude zeigte. Sein Lächeln war immer noch gewinnend. Jetzt war, was von ihm übrig war, in einer Urne, fünfunddreißig Zentimeter hoch, da passt der ganze Vater mit seinen Einsneunzig und seinem ganzen Leben hinein.

»Heute wird dein Vater kremiert«, hat Rudi ihr vor zwei Tagen am Telefon gesagt. Auf das Wort »verbrannt« hat er feinfühlig verzichtet, sie hat dennoch die Bilder im Kopf. Wie der Sarg mit dem Leib ihres Vaters von Rudi aus der Kühlzelle auf dem Friedhof durch die Stadt und dann dreiundzwanzig Kilometer am Fluss entlang durch die kleinen Dörfer und schließlich den Berg hoch zur Kreisstadt mit Krematorium gefahren wurde, dort nochmals von einem Arzt auf seinen Tod hin untersucht und schließlich in den Ofen gefahren wird – von wildfremden Männern begleitet und am Ende seine Asche in die Urne gefegt wird. Wirklich seine Asche? Auf der Urne standen zwar sein Name, Geburtstag, Todestag und auch das Datum der Kremation, aber rein optisch würde sie ihn nicht mehr erkennen können.

Am Tage der Beerdigung schien die Sonne, zum ersten Mal seit ein paar Tagen. Anita war froh um ihre Sonnenbrille mit großen, runden Gläsern. Stefan stand sein schwarzer Anzug ausgesprochen gut, ansonsten stand ihm die Langeweile ins Gesicht geschrieben. Auf den Wegen verdampfte noch der Regen von letzter Nacht, überall Schnecken und Regenwürmer. Die Luft war schwül und träge. Die Blumen auf manchen Gräbern hatten unter der Härte des Regens gelitten.

Nur im engsten Familienkreis wollte der Vater bestattet werden, Anita und Stefan. Mehr war nicht mehr übrig vom engsten Familienkreis. Einen Pfarrer wollte er schon, mit dem hatten sie auch gesprochen, es war ein anderer als damals bei der Beerdigung der Mutter. Und Fräulein Wagner sollte die Orgel spielen. Fräulein Wagner spielte schon seit hundert Jahren die Orgel und stellte sich den Trauergästen immer mit den Worten vor: »Ich bin das Fräulein Wagner und ich begleite Sie jetzt musikalisch auf Ihrem schweren Weg.« Dabei blickte sie einen aus traurigen, wässrigen Augen an, so als ob sie hier die Trauernde wäre, und hielt die Hand des Gegenübers mit der Rechten und legte ihre Linke noch oben auf. Ihre Hände waren hell, knochig und kühl. Nur mit Mühe konnte Anita sich ihrem Griff und Blick entziehen. Anita fiel auf, dass sie sehr gebückt ging und ihr Rücken oben bei der Schulter irgendwie verdreht war, und als sie sich ihnen mit ihren Worten vorstellte, konnte sie den Uringeruch deutlich wahrnehmen und auch ein paar größere Bartstoppeln im Gesicht.

Ihr Gebiss war ihr mittlerweile zu groß, so dass es beim Reden sich immer lose im Mund bewegte und klapperte und Fräulein Wagner während des Redens mit Zunge und Kiefer beschäftigt war, es immer wieder an die richtige Stelle zu jonglieren, um zu verhindern, dass es ihr herausfiel.

Die Friedhofskapelle war ein helles Gebäude, in das durch die Seitenfenster und die Dachkonstruktion viel Licht fiel. Die Glasfenster waren von einer zeitgenössischen Künstlerin gestaltet. Anita gefielen die bunten Bänder, die sich da im Fenster bewegten, sie erinnerten sie in der Farbgebung an einen Regenbogen. So unterschiedlich die einzelnen Bänder auch waren, am Ende bewegten sie sich nach oben und irgendwie waren auch alle miteinander verbunden. Bunt und lebendig wie das Leben soll wohl auch das Leben nach dem Tode sein.

Als die Glocken aufhörten zu läuten, betrat Rudi zusammen mit dem Pfarrer die Halle. Anita fielen die ungeputzten Schuhe des Pfarrers auf, einige abgewetzte Stellen waren vorne deutlich zu sehen. Seine Haare standen wirr in alle Richtungen ab, auf seiner Nase war eine kleine halbe Lesebrille und wenn er etwas sagte, wippte er immer auf die Zehenspitzen und zurück, wobei sein Talar sich fast wie im Tanz bewegte. Vaters Nachnamen betonte er immer falsch und er nuschelte pastoral vor sich hin. Anita musste an sich halten und nur die beruhigende Hand von Stefan hielt sie davon ab, ihn laut zu korrigieren. Es macht eben einen Unterschied, ob du Kießling oder Kissling heißt.

Ihr Vater hat sich das Largo von Händel gewünscht, und als Fräulein Wagner es spielte, war sich Anita sicher, wenn er nicht als Asche in der Urne liegen würde, würde er sich im Sarg umdrehen. »Hoffentlich hört und sieht er nichts mehr«, dachte sie. Nicht nur, dass sie es extrem langsam spielte, sie rutschte so lautstark auf der Orgelbank hin und her, dass die Töne mit dem Gequietsche ihres Rutschens vermischt wurden. Anita konnte einen Schrei nur mit Mühe unterdrücken, sie drückte dafür umso mehr Stefans Hand, der ihr noch Tage später mit einem Lächeln und einem Espresso in der Hand die Druckmale zeigen würde.

»Wohlauf, wohlan zum letzten Gang« mussten die Signalworte für Rudi den Hasen und das Fräulein Wagner sein. Als der Pfarrer sie sprach, hinkte Rudi zur Urne, drehte sich auf den Absätzen zu Anita und dem engsten Familienkreis, verbeugte sich, drehte sich wieder zur Urne und nahm ihren Vater in seine Hände und das Fräulein Wagner versuchte auf Wunsch des Vaters »I did it my way« zu intonieren, was ihr auch auf ihre ganz eigene Art gelang. Hinter Rudi reihte sich der Pfarrer ein, dessen Schuhe nicht nur vorne, sondern auch hinten abgewetzt waren und außerdem beim Gehen eingetrockneten Dreck verloren. Anita und Stefan folgten dem Pfarrer, eine leichte Brise ausgedünsteter Alkohol lag in der Luft, aus der Halle raus auf den Friedhof, der Sonne entgegen, die mittlerweile fast alle Wege getrocknet hatte, da und dort war noch eine Pfütze auf dem schmalen Weg zum Grab zu sehen. Die Sonne tat gut auf der Haut, und ein leichter Wind wehte. Auf der Straße neben dem Friedhof knatterte ein Motorrad und im Wald hinter dem Friedhof wurde Holz gemacht, am Himmel glänzte ein Flugzeug, das Richtung Süden flog. »Das Leben geht tatsächlich einfach weiter«, dachte Anita. »Da stirbt einer, dir bricht das Herz und alles ist wie immer.« Sie umgriff die Träger ihrer großen Handtasche etwas fester.

Das Grab ihrer Eltern lag ganz oben am Hang, erst ging es Treppen hoch, am Ende der Treppe dann links über den Hang, über den Rasen, der durch den Regen glitschig war. Rudi balancierte trotz seines Hinkens geschickt mit der Urne in der Hand, einem Seiltänzer gleich, der immer wieder um das Gleichgewicht bemüht war, die wenigen Schritte bis zum Grab und stellte die Urne erleichtert auf dem vorbereiteten Ständer ab. Der Pfarrer rutschte aus, konnte sich aber mit der rechten Hand im aufgeweichten Gras abstützen und ließ sich gerne die Hand von Rudi reichen, um wieder festen Boden unter die Füße zu bekommen. Er hatte kleine und durchaus auch größere Schweißperlen auf der Stirn, die er mit einem ehemals weißen Taschentuch abtupfte. Anita nahm Stefan an der Hand und gemeinsam bewältigten sie problemlos den kleinen Übergang zum Grab. Nach ein paar Worten des Pfarrers und einem gemeinsamen Vaterunser ließ Rudi gekonnt die Urne ins Grab sinken und Anita spürte jetzt mehr wie sonst den Riss in ihrem Herzen. Nachdem sich alle vom Vater verabschiedet hatten, gingen Rudi und der Pfarrer ihres Weges. Sie blieben allein am Grab zurück. Am Ende ist man allein. Jeder für sich. Stefan hielt sie in ihrem Arm. Wolken schoben sich vor die Sonne und ein Schmetterling suchte das Weite.

III

Hier hinter dem Haus stehen drei riesige Fichten, ihre Wurzeln verzweigen sich über der Erde wie die Adern auf dem Arm eines Menschen. Der Vater ihres Vaters hat sie gepflanzt und damals dem Sohn erklärt: »Einen Baum kannst du nur einmal im Leben ernten. Die drei habe ich für dich gepflanzt.« Oft genug hat ihr Vater das Anita erzählt. Vor die Fichten hat er sich eine Bank hingestellt und dahinter beginnt der Wald. Er hat die Bäume wachsen sehen, sie auch gepflegt, ihren Stamm von Ästen befreit, damit sie an Höhe gewinnen. In eine hat er mal mit dem Taschenmesser, das er zur Konfirmation geschenkt bekommen hat, ein Herz und die Initialen seiner damaligen Freundin und ihm geschnitzt. Mit den Jahren ist es immer größer geworden und hat sich vom Boden entfernt. Von unten kann Anita die Stelle nur erahnen.

»Und manchmal kommen die Rehe«, erzählte er stolz. Morgens und abends trauten sie sich aus dem Wald. Manchmal gab er ihnen was zu essen, oft grasten sie einfach um ihn herum und störten sich auch nicht an der Motorsäge der Nachbarn. Wenn es Nacht wurde, verschwanden sie und dann stand auch er auf und ging ins Haus zurück. Seit dem Tod seiner Frau konnte er nicht mehr im Ehebett schlafen, das wusste Anita. Mit allem anderen habe er sich arrangiert, sagte er ihr einmal. Er komme klar mit dem Kochen und der Wäsche. »Aber sie nachts nicht mehr an meiner Seite zu haben, das halte ich nicht aus.«

Vorher, in der sogenannten Feierhalle, hat sie sich einen letzten Moment alleine mit ihrem Vater erbeten. Es war ganz leicht. Im Internet hatte sie sich das gleiche Urnenmodell bestellt und damit es vom Gewicht her passt, hat sie Erde aus dem Garten eingefüllt. Die richtige Urne kam dann in ihre Handtasche zu Zigaretten, Feuerzeug, Lippenstift, Hausschlüssel und Taschentüchern. Anita nimmt noch einen tiefen Zug. »Jetzt bist du an deinem Platz«, sagt sie in die Dämmerung. Sie beginnt zu frösteln und geht ins Haus. Als sie an der Küchenspüle ihre Hände wäscht, meint sie, draußen eine Bewegung zu erkennen, aber sie kann sich auch täuschen.

DAS VERSPRECHEN

Es war ein herrlicher Tag im September und alle hatten für den Nachmittag die Obst- und Weinernte unterbrochen, sich in ihre schwarzen Anzüge und weißen Hemden gezwängt, die Haare gebändigt und sich rasiert. So standen die Männer auf dem Friedhof, manche hatten auch einen kleinen Strohhut aufgesetzt, um sich gegen die Hitze zu schützen. Die Frauen steckten alle in schwarzen Kleidern, manche mit weißen Blusen, eine hatte einen Regenschirm aufgespannt. Ein Mercedesstern prangte darauf und der Schriftzug »Autofahren in einer neuen Dimension«.

Als mein Opa starb, war ich dreizehn Jahre alt.

Ich wusste, dass er krank war. Prostatakrebs. Meine Mutter hatte mal beim Abendessen erzählt, wie sie ihn ins Krankenhaus begleitet hat und ihm ein Katheter gelegt wurde. Ich hatte keine Ahnung, was das ist, und ich wollte es auch nicht wissen. »Das wird nichts mehr.« Dann nahm sie einen Schluck Tee und sagte nichts mehr. Ein paar Wochen später ließen sie mich allein zuhause mit dem Worten: »Opa liegt im Sterben. Wir kommen später wieder.« Ich saß die ganze Zeit am Fenster. Draußen wurde es Nacht und ich versuchte an der Stellung der Autolichter das Auto meiner Eltern zu erkennen.

Am nächsten Morgen setzte sich meine Mutter ans Bett und erzählte mir, dass Opa einfach eingeschlafen wäre. Sie erzählte auch, während sie meine Hand hielt, dass sie den Tod auf dem Hof gespürt hatte, als sie das Futter zu den Schweinen brachte. »Da habe ich gesagt: Geh hoch und hol ihn, damit er nicht mehr länger leiden muss.« Als sie vom Füttern zurückkam und wieder ins Schlafzimmer kam, war er schon eingeschlafen. »Den Kopf an Omas Schultern gelehnt«, sagte sie.

Eine Zeit lang hatte ich danach Angst vor dem Einschlafen.

Er starb im Herbst und im Sommer vor seinem Tod fuhren wir wieder unsere Runde mit seinem McComrick über seine Felder, Wiesen und Baumstücke. Und er hielt an derselben Stelle wie immer und sagte: »Wenn ich dann mal oben im Friedhof aufgebahrt bin, dann zwickst du mich auf der Stirn und schaust nach, ob ich wirklich tot bin. Versprichst du das?« Als er mich anblickte, lächelte er nicht und seine Augen bewegten sich unruhig hin und her. »Na klar mach ich das«, sagte ich und versuchte einen Scherz zu machen: »Wenn du dann mal in zwanzig Jahren stirbst und ich es nicht vergessen habe.« Er nahm meine Hand, legte sie in seine großen, schweren, rauen Hände, schaute übers Land und von der Seite konnte ich sehen, wie er wieder lächelte.

Manche Bäume hatten sich schon verfärbt und die Äpfel waren rot und süß.

Meine Oma stand auf der anderen Seite des Sarges und hatte ihre Hand auf der seinen. Ihr Daumen streichelte unablässig die Hand meines Opas. Mit einem weißen Stofftaschentuch mit gehäkelten Borden und ihren eingestickten Initialen trocknete sie ihre Tränen. Meine Mutter hatte ihre Hand zum Abschied auf seine Schulter gelegt. Ihre beiden Brüder vom Fußende aus dem Vater zugenickt. Ich sah auf die Stirn, die ich früher ab und zu geküsst hatte. Bevor ich eingeschlafen bin. Oder am Morgen. Oder am Ende einer Traktorfahrt. Jetzt wollte ich sie nicht mal berühren.

Ich konnte mein Versprechen nicht halten und ließ meinen Opa zurück, als der Bestatter meiner Oma zunickte: »Es wird Zeit.« Mit ihm kamen noch die drei anderen Männer aus dem kleinen Nebenraum, setzten ihre Schiebermützen auf und mit ihnen verbreitete sich ein Hauch von Fleischkäsbrötchen, der sich mit dem Duft der Herbstblumen vermischte. Ich spürte, dass ich auch Hunger hatte.

Wir warteten alle vor der Leichenhalle, umgeben von den hohen Kastanienbäumen, die schon ihre Früchte abwarfen. Es tat gut, die Sonne auf der Haut zu spüren. Ich hörte, wie der Bestatter hinter der Türe zu seinen Helfern sagte: »Auf drei. Eins zwei drei!«, gefolgt von einem dumpfen Schlag, danach öffnete er die Türe und schob den Sarg an uns vorbei und wir reihten uns hinter meiner Oma ein und gingen zum Grab.

In mir stritten sich die beiden Traurigkeiten. Die eine, weil ich meinen Opa jetzt schon vermisste und die andere, weil ich nicht in der Lage war, ihn auf der Stirn zu zwicken. Daheim vor dem Spiegel am Morgen hatte ich es noch an mir geübt. Es ist nur wenig Haut, die man da zwischen die Fingerspitzen bekommt. Aber wenn es gelingt, ist es deutlich zu spüren.

Die Sargträger ließen meinen Opa geübt ins Grab hinab.
Dort war er jetzt und wusste nicht einmal, ob er wirklich tot war.

FRÜHSTÜCK

Rudi Stern stand wie jeden Morgen in der Küche. In seiner Hand hielt er zwei Eier, die noch legewarm waren. Wie jeden Morgen hatte ihn sein erster Gang nach der Toilette über den Hof zum Hühnerstall geführt. In der Mitte des Hofs war er stehen geblieben, hatte in den Himmel geblickt und sich am Hinterkopf gekratzt, war weitergegangen. Er hatte den Riegel der Stalltüre zur Seite geschoben, im Vorbeigehen eine Handvoll Weizenkörner aus dem Papiersack mitgenommen und sie in einem weiten Bogen wie Samen im Hühnerstall ausgestreut. Dann hatte er sich gebückt, sich aus der Ablage zwei frische Eier genommen, die er sich in die dunkelgrüne Breitcordhose gesteckt hatte, direkt neben sein Stofftaschentuch.

In der Küche angekommen schlug er die Eier an einem Glas auf, ließ den Inhalt ins Glas gleiten und verquirlte Eiweiß und Eigelb mit einer Kuchengabel, bis es leicht zu schäumen begann. Mit einer Prise Salz und Pfeffer gewürzt, hielt er das Glas prüfend gegen das Licht, das von außen durch das Fenster in die Küche drang, steckte seine Nase fast in die Eier und leerte das Glas mit einem Zug.

Zu mehr Frühstück war er nicht im Stande. Der Blick auf den kalten Herd erinnerte ihn daran, wie er vor einigen Jahren durch den Duft von verbranntem Bratenfleisch morgens aus dem Bett aufgeschreckt war, seinen massigen Körper in die Küche geschleppt und seine Mutter mit dem Kochlöffel in der Hand vor dem Herd liegen gefunden hatte.

Trotz aller Bemühungen konnte Rudi Stern weder seine Mutter noch den Braten retten.

Seit dem Tag löste er sich irgendwie auf. Jegliches Arbeiten hatte er schon vor dem Tod der Mutter eingestellt. Die Mahlzeiten unterbrachen sein Sinnieren über das Leben, sein Fernsehen und seinen Schlaf.

Im Grunde hatte alles damit angefangen, dass ihn seine Verlobte vor über vierzig Jahren verlassen hatte. Sie wollte allen

Ernstes weg von Steindorf, was für Rudi Stern außerhalb jeder Möglichkeit lag. Sie war hübsch und hatte auch ein paar Hektar. Sie tanzte mit ihm in den Mai und ins neue Jahr. Aber sie wollte weg, in die Stadt, alles verkaufen. Als er nicht wollte, hat sie ihm den Verlobungsring auf den Küchentisch gelegt.

Das Trinken hatte er im Griff, rauchte in der Woche eine Schachtel HB und kümmerte sich erfolgreich um nichts. Kurz vor zwölf setzte er sich seinen Hut auf den kahlen Schädel, zog die Hose über den Bauchnabel und schnallte sie mit zwei Hosenträgern fest und lief 200 Meter den Berg hinunter zu seiner Schwester Gerda und deren Mann, wo er seit dem Tod der Mutter zu Mittag aß.

Rudi Stern mochte seinen Schwager Hans nicht. Schon früher nicht. Er stammte aus einer Familie, die seine Familie vor über hundert Jahren mal übers Ohr gehauen hatte. »Mit einem Brenner darfst du dich nie einlassen«, hatte ihm sein Vater von Kindesbeinen an eingebläut. Der Vater blieb im Krieg und der Brenner nahm sich die Gerda. Einmal hat er gehört, als das Küchenfenster offen stand und er sich ein wenig verspätet hatte und sich am Duft des gebratenen Schnitzels erfreute, wie Hans zu Gerda sagte: »Wo bleibt denn der Schmarotzer?« Und dann: »Der Stinker. Kannst ihm nicht mal sagen, dass er sich waschen soll?«

Seitdem wusch sich Rudi Stern erst recht nicht mehr. Er hörte auf zu lüften und nahm die abgestandene Luft und seinen Schweiß mit an den Tisch, wo sie schweigend das Essen verzehrten. Außer dem Geschmatze und dem Gähnen des Hundes war es totenstill.

Rudi Stern stellte das Glas zurück. Griff sich an die Brust und atmete ein letztes Mal aus. Das letzte, was er hörte, war das Müllauto, das in den Hof fuhr.

NUR DREI TAGE

»Es ist nur für drei Tage. Dann könnt ihr wieder zurück.« Ich war sechs Jahre alt, als der Ortsvorsteher in unseren Hof kam, alle um sich versammelte, sich am stoppeligen Bart kratzte und seine zwei Sätze sagte. Er lächelte, schlug sich mit der Hand den Staub aus der Uniform und ging zum nächsten Hof. Es war trocken, heiß und ihm folgte eine Staubwolke um die Waden. Der Weizen war schon gedroschen. Aber manches Getreide stand noch auf dem Feld, erwartete die Schnitter, und noch viel Obst war zu ernten.

Meine Mutter nahm ihr Kopftuch vom Kopf, wischte sich mit der Hand über die Stirn, blickte zu meinen beiden Schwestern und mir: »Ihr habt gehört, was der Schorsch gesagt hat. Packt für drei Tage, solange gehen wir über die Donau. Am Dienstag kommen wir zurück und kümmern uns um alles. In einer Stunde gehen wir los.« Wir – das waren wir drei Schwestern, unsere Mutter und die Mutter meines Vaters. Der Vater war im Krieg. Von ihm hatten wir seit Monaten nichts mehr gehört. Meine Mutter sah ich oft abends in der Küche sitzen und weinen.

Mir fällt das alles heute wieder ein, weil meine Freundin mich heute besuchen kommen wird. Ich bin jetzt zweiundneunzig Jahre alt. Vor drei Monaten habe ich meine Wohnung verkauft, weil mir das »Seniorenheim am Wald« eine Zusage gemacht hat. Mein ganzes Leben in Kisten gepackt, aussortiert und weggeworfen. Von 110 Quadratmetern auf 45. Mein Bett und mein Büffet, das ich von meiner Mutter geerbt habe und auf dem die Fotos der ganzen Familie stehen, sonst konnte ich nichts mitnehmen. Die Vase, die mir Tante Getrud aus Paris mitgebracht hat, die Versteinerungen, die mein Mann gesammelt hat, alle seine Hemden, die ich mir ab und zu angeschaut habe, um mich an ihn zu erinnern, alle Schallplatten – alles habe ich in meine Hände genommen, gedreht, gewendet, Erinnerungen aufsteigen sehen, die Augen geschlossen, gelauscht, gesummt, getanzt und weggeworfen. Hätte ich es früher machen sollen?

»Betreutes Wohnen« heißt das Programm und ich habe Küche, Bad, Wohn- und Schlafzimmer und Balkon mit Blick über das Tal und die Abendsonne. Einen Keller und eine Garage für mein Auto habe ich auch noch. Ohne Auto bin ich aufgeschmissen. Der letzte Rest an Mobilität und Freiheit. Einsteigen und losfahren. Und wenn es nur eine Runde durch die Stadt ist, die Hauptstraße hoch am Bäcker und Café vorbei, rechts der Buchladen. Kurz schauen, wer alles im Eiscafé sitzt, der Margret winken, die bei jedem Wetter auf ein Kissen gestützt aus ihrer Wohnung schaut, und auf der anderen Seite wieder zurück. Nur kurz zum Friedhof fahren. Meinen Mann Hans besuchen, ihm erzählen, was mich umtreibt, bewegt, und ihm sagen, wie schön er es hat, dass er das alles nicht mehr mitmachen muss, sondern seine Ruhe hat. Keine Entscheidungen mehr treffen, das heißt tot sein, das stelle ich mir gut vor. Er hat alles richtig gemacht. Herzinfarkt mit 88. Sich aufs Sofa legen, meine Hand halten und einschlafen.

Oder ihn fragen, wie es unserer Tochter geht. Ob er sie sieht und ihr begegnet? Ob er jetzt weiß, was damals los war und ob es ihr jetzt besser geht? Auf den Friedhof gehen ist ein erfrischendes Bad in Erinnerungen. »Halt mir bloß einen Platz frei«, sage ich ihm immer, bevor ich gehe und ihm heimlich zuwinke.

Oder nur kurz die Serpentinen durch den Buchenwald hoch zum einzigen Berg hier in der Gegend, sich auf eine Bank setzen, den Wind spüren, den Insekten lauschen und mich in der Weite verlieren.

In den Keller habe ich den Fernsehsessel von meinem Mann gestellt und zwei Umzugskisten. Er quietscht, wenn ich mich auf ihn setze und mich mit ihm drehe. Fast kippt er zu weit nach hinten, so dass ich beim Aufstehen Mühe habe.

Manchmal setze ich mich in den Keller, öffne die Kiste und hole mir die Fotoalben heraus. »Italien 1977«, »Italien 1978«, »Italien 1979«, »Indian Summer 1991«, »Kultur pur im Osten 1992«, »Israel 1996«, »Letztes Mal ans Meer 2011«. Dann halte ich mir eine Muschel ans Ohr, schließe die Augen und höre das Meer. Schmecke das Salz in der Luft und lausche dem Wind, der die Gräser biegt.

Ich hatte alles achtzehn Mal. Achtzehn Sektgläser. Achtzehn Suppenteller. Achtzehn Kuchengabeln. Achtzehn Teetassen. Im Hause »Feierabend« wurde gefeiert, getanzt und wenn alle zusammenkamen, wurde der Tisch ausgezogen, der Küchentisch dazugestellt und alles eingedeckt. Aufgetischt aus der eigenen

Metzgerei, in die ich eingeheiratet habe. Der Hans hat sich getraut, mich nachhause zu bringen. Das Flüchtlingsmädchen in die Traditionsmetzgerei. Der einzige Sohn bringt ausgerechnet mich mit nachhause. Die, die nichts hatte und nichts konnte. Außer arbeiten.

Mir fällt das alles heute wieder ein, weil meine Freundin kommt. Die ist auch schon siebenundachtzig Jahre und bringt ihren Sohn mit.

»Der Hartmut kann dein Leben aufschreiben. Du erzählst, er schreibt«, so hat sie ihren Besuch angekündigt vor drei Tagen und seitdem fällt mir alles wieder ein. Gabriele, meine Freundin und ich haben das schon öfter gesagt: »Schreib dein Leben auf! Du hast so viel erlebt. Wenn du mal stirbst, ist das alles weg.« Wen interessiert das? Meine einzige Tochter ist verstorben. Die Nichten und Neffen drehen den Kopf zur Seite und verdrehen die Augen, sobald ich anfange zu erzählen. Dabei geht es um ihre eigenen Wurzeln und um ihre Herkunft, damit sie verstehen, wer sie sind.

»Nur drei Tage.« Wir haben ihm geglaubt. Vermutlich hat er es auch geglaubt. Badesachen hatte ich eingepackt, meinen Stoffhasen, den ich zum Einschlafen brauchte. Ein oder zwei Bücher, Wechselkleidung. Wie zu einer längeren Wanderung sind wir aufgebrochen, um nie mehr zurückzukehren.

Auf dem Weg zur Donau sangen wir Wanderlieder, kamen an zerstörten Dörfern und verendeten Pferden vorbei und der Gesang verstummte. Alle fünf Familien aus unserem Dorf waren mit uns unterwegs. Nur Frauen und Mädchen und alte Männer an Stöcken. Wir sangen nicht mehr, wir redeten nicht mehr. Eine verstummte Karawane. Ich erinnere mich nicht mehr sehr genau an den Weg, aber den festen Handgriff meiner Mutter kann ich heute noch spüren. An einer Furt setzten wir über die Donau über und waren in Österreich und kamen in ein Dorf am See. Im See spiegelten sich die Berge und die Wälder. Das Wasser war frisch und klar. Wir haben zur jeder Tages- und Nachtzeit im See gebadet.

Uns hat es an nichts gefehlt. Wir durften nur nicht zurück. »Eure Heimat ist vom Feind besetzt«, hat uns eine der Damen eröffnet, bei denen wir einquartiert wurden. Es waren Damen. Ein sonnenblumengelbes Haus, mit Fischgrätenparkett, Stuck an den Decken und Wänden der Zimmer, die nicht Zimmer hießen, sondern Salon, Bibliothek oder Speiseraum. Zwei Damen, deren Männer im Krieg waren, Kinder hatten sie keine. »Ihr könnt erst Mal nicht mehr zurück. Aber unsere Männer und euer Vater werden dafür sorgen, dass das alles wieder deutsch wird.« Wir halfen im Haus, hatten keine Schule, einen See direkt vor dem Haus und einen Blick auf die Alpen. Nur die Traurigkeit in den Augen meiner Mutter erinnerte mich daran, dass nicht alles gut war.

Eines Tages riefen uns die Damen in den blauen Salon. Sie waren in schwarz gekleidet, hatten zerknüllte Taschentücher in den Händen und wässrige Augen: »Etwas Furchtbares ist passiert«, sagte die Ältere und wies uns an, uns zu setzten. »Der Führer ist tot«, sagte sie dann und wurde von einem Weinkrampf geschüttelt.

In den folgenden Tagen war meine Mutter damit beschäftigt, unsere Weiterreise zu organisieren, die uns über ein Lager in Bayern schließlich an den Ort führte, wo ich bis heute geblieben bin.

Bis heute konnte mir keiner so richtig erklären, warum wir genau hierhergekommen sind. Unser Vater kam nie mehr zu uns zurück und die Traurigkeit blieb für immer eine treue Begleiterin meiner Mutter.

Ein Transporter hat uns vor einem Bauernhof abgesetzt, wo eine missmutige Bäuerin uns in Augenschein nahm. Sie untersuchte mich wie ein Pferd, drückte mir mit den Fingern so auf die Wangen, dass ich meinen Mund öffnen musste, und überprüfte meine Zähne und zwickte in meine Oberarme. »Dich kann ich gut auf dem Feld gebrauchen.« So untersuchte sie jeden von uns, nickte zufrieden und führte uns in eine Kammer, die über dem Kuhstall vom Heuboden abgetrennt war.

»Für euch Flüchtlinge gut genug«, sagte sie noch und ging die Leiter hinunter. Es roch nach Mist und feuchtem Stroh. Das Licht zwängte sich durch ein kleines, quadratisches Fenster. Die Scheibe war an einer Stelle ausgeschlagen und meine Mutter lächelte. »Hier machen wir es uns gemütlich«, sagte sie, stellte ihre Tasche ab und richtete Strohballen und Heu zu einer Sitzgelegenheit zusammen. Hätte meine Mutter kein Talent im Schneidern gehabt, wären wir nie vom Hof gekommen.

Von jetzt an waren wir Flüchtlinge. Menschen dritter Klasse, höchstens. Etwas besser als die Kuh im Stall, aber nicht viel.

»Manche Hunde haben es besser als wir«, hörte ich meine Mutter ab und zu sagen, während sie mit Faden und Nadel unsere Kleider flickte.

Um vier Uhr wurden wir geweckt, arbeiteten in Stall, Hof und Feld. Und lernten Hunger kennen, und wie grob Frauen sein konnten.

Meine Schwestern und ich mussten in die Schule. »Ihr Flüchtlinge setzt euch mal da hinten hin«, so wies uns Fräulein Schubert den Platz zu. In der Pause wurden wir gemieden und die anderen tuschelten über uns, lachten und machten ihre Sprüche über uns. Nur der eine Junge kam in jeder Pause zu uns, brach sein Leberwurstbrot auseinander und gab mir schweigend die Hälfte. So lernte ich Hans kennen. Er blieb in meinem Leben bis zu seinem Tod.

Habe ich alles gut vorbereitet? Ich überprüfe den Tisch auf dem Balkon, auf dem ich den Stammbaum meiner Familie väterlicherseits hingelegt habe, neben einer Vase mit einer einzelnen Rose und etwas Gebäck. Mein Stammbaum hat mich ja selber nie interessiert. Erst mit vierzig, fünfzig Jahren habe ich angefangen, mir ihn anzuschauen und mich über die Menschen zu informieren, die auf ihm aufgeführt sind. Am meisten hat mich überrascht, dass mein Urururgroßvater nur zwanzig Kilometer von hier geboren und groß geworden ist. Er hat sich dann aufgemacht in das Land jenseits der Donau, in dem später alle meine anderen Vorfahren geboren wurden. Aber meine Wurzeln sind hier, in der Kultur, in der Sprache, in dem Land, in dem ich lange Zeit nur das Flüchtlingskind war, oder diejenige, die nichts hatte.

Wir sind in unsere Heimat geflüchtet. Das hatte nur keiner begriffen.

»Kaffee. Ich sollte dringend noch Kaffee kochen«, fällt es mir ein. In der Küche fülle ich das Wasser in die Maschine, hole das Filterpapier aus dem Schranke, öffne die Kaffeedose. »Gemahlener Kaffee. Was für herrlicher Duft.« Ich schließe die Augen und nehme das Aroma in mich auf. »Was haben wir alles trinken müssen, solange wir auf dem Hof waren.« Erst als Hans mich seinen Eltern vorgestellt hat, habe ich zum ersten Mal frisch gebrühten Bohnenkaffee getrunken. Im Hause »Feierabend« im Zimmer über dem Laden, das nur sonntags oder zu besonderen Anlässen betreten wurde. Seine Mutter führte die Tasse zum Mund, ohne mich dabei aus den Augen zu lassen: »Du hast zwar nichts. Aber die Beiswengers-Martha sagt, dass du arbeiten kannst. Und einen Enkelsohn solltest du mir auch schenken. Das wirst du ja hinbekommen. Ihr Flüchtlinge kennt euch ja aus in diesen Dingen.« Sie nippte an ihrer Tasse, reichte mir die Platte mit den belegten Broten. »Iss, damit du den Hans glücklich machen kannst.« Hans' Vater war auch im Krieg geblieben und Hans musste direkt nach der Schule den Metzgereibetrieb übernehmen. Er hatte mit mir Tanzstunde gemacht, mich eines Abends nachhause gebracht und seit dem Abend waren wir zusammen.

Die Kaffeemaschine zischt und der Duft von frisch gebrühtem Kaffee breitet sich in meiner Wohnung aus. Ich setze mich in meinen Sessel, schau auf die Uhr. Nur noch fünfzehn Minuten, dann müssten sie da sein. Meine Augen fallen mir zu, draußen singen die Vögel und ein Motorrad beschleunigt.

Einatmen. Ausatmen. Ich schlafe ein. Für immer. Oder nur drei Tage.

ÜBERLEBT

»Das schwebt wie ein Damoklesschwert über dir.« Ich hatte keine Ahnung, was ein Damoklesschwert ist, als ich den Satz zum ersten Mal hörte. Meine Mutter hat ihn ausgesprochen, da war ich vielleicht fünfzehn Jahre alt. Ich hatte Ahnung von M-TV, Tetris und im besten Falle von König Arthurs Tafelrunde. Meine Helden waren Little Joe aus Bonanza und Magnum. Von Damokles hatte ich nie gehört. Da meine Mutter sich weit nach vorne gebeugt hatte, mit einem ernsten Gesicht zu mir sprach und ihre Hand auf meine Schulter gelegt hatte, um mir in die Augen zu sehen, wusste ich: Es musste etwas Bedrohliches sein. Also wagte ich einen Rundumblick, ob irgendwo ein Schwert zu sehen war. Außer der Fliegenklatsche auf dem Küchenschrank konnte ich nichts Bedrohliches sehen. Und das Blitzen in den Augen meiner Mutter natürlich.

Mein Vater war verstorben, als ich ein kleines Kind war. Ich wuchs auf, ohne dass er da war. Meiner Mutter hat er gefehlt. Nicht nur, dass sie das zur Sprache gebracht hat, ich habe es auch gesehen. An der Art, wie sie von ihm sprach. Daran, wie wir jedes Jahr an seinem Geburtstag auf den Friedhof gingen, ich als Kind etwas selbst Gebasteltes an dem Grab eines Fremden niederlegte und meine Mutter so sehr weinte, dass es ihren ganzen Körper durchschüttelte. Sonst weinte sie nie. Am Ende blickte sie durch die Kastanien hindurch in den Himmel, murmelte etwas, was ich nie verstand und sagte: »Komm, wir gehen. Das ändert auch nichts.« Auch außerhalb seines Geburtstags nahm sie mich mit an sein Grab. Im Herbst stopfte ich mir die Taschen voller Kastanien und raschelte mit meinen Füßen im Laub. Im Winter tanzte ich im Schnee. Im Frühjahr und Sommer mied meine Mutter den Friedhof.

Ich hatte keine Erinnerung an meinen Vater. So sehr ich mich auch zu erinnern versuchte, mir fiel nichts mehr von ihm ein. Auch nicht, dass ich bei ihm war, als er starb, und mit meinen Autos einfach weiterspielte, während er auf dem Sofa einschlief.

So wurde es mir erzählt. Es wurde mir so oft erzählt, dass ich es mittlerweile für eine eigene Erinnerung halte. Ich habe Bilder im Kopf, die ich wie einen Film ansehen kann. Bilder, die so präsent sind, als ob ich sie selbst mit der Kamera des eigenen Erlebens geknipst hätte. Die Tageszeitung über dem Bauch aufgeklappt, wie er es oft nach dem Mittagessen machte, die Brille auf der Stirn, die Hände über der Zeitung gefaltet. Manchmal schnarchte er. Aber an den Nachmittag hatte ich keine Erinnerung. Nur fremde Erinnerung. Woran ich mich selbst erinnere: Wie meine Mutter aus der Küche kam, die Hände vors Gesicht hielt, schrie und meinem Vater auf den Brustkorb trommelte. Das Geräusch habe ich bis heute in meinen Ohren.

Irgendwann war es still. Ich räumte meine Autos in ihre Garage zurück, die mir mein Vater aus Sperrholz zum Geburtstag gebaut hatte.

Mehr weiß ich nicht. Schon gar nicht, was ein Damoklesschwert ist.

»Dein Vater ist an einer Herzkrankheit verstorben. Mit dreiunddreißig Jahren. Der Arzt sagt, das kann dir auch passieren. Das schwebt wie ein Damoklesschwert über dir.« Die Sätze meiner Mutter werden seitdem in mir gesprochen. Ich höre sie in mir. Sie tauchen auf. Aus dem Nichts und legen sich wie Schatten auf mich. Oder wie Schleier. Sie finden ihren Weg aus irgendeiner Körperzelle in meine Seele. Sie erscheinen als gesprochenes Wort oder auch unmittelbar vor meinen Augen. Wie Leuchtschrift. Ich sehe durch sie hindurch auf mein ungelebtes Leben. Ich sehe mein Leben wie eine Straße. Grau und ungenau. »33« steht am Straßenrand auf einem Stoppschild. Älter als dreiunddreißig kann ich nicht werden. Dann bleibt mein Herz stehen. Wo ich gerade auch sein werde. Seitdem ich fünfzehn Jahre alt bin, glaube ich, dass ich nicht älter als dreiunddreißig werde.

Heute bin ich dreiunddreißig Jahre und dreihundertvierundsechzig Tage alt. Noch fünf Minuten und ich halte das Damoklesschwert in der Hand. Mittlerweile weiß ich, was ein Damoklesschwert ist. Meines hängt direkt über mir und im Unterschied zur Legende habe ich eine Ahnung davon, wann es niederfällt und meinem Leben ein Ende bereitet.

Seit vier Jahren bin ich verheiratet. Meine Frau weiß, auf was sie sich eingelassen hat. Sie weiß, dass mich die Möglichkeit eines frühen Todes ereilen kann. »Das kann mir mit jedem passieren«, hat sie damals gesagt und meine Hand zu ihrem Mund geführt und geküsst. »Schließlich haben wir immer neunzig Prozent unseres Lebens hinter uns«, fügte sie hinzu und schaute mir in die Augen. »Also leben wir, nutzen wir die Zeit. Niemals soll der Satz über unsere Lippen kommen: Wir haben unser Leben nicht gelebt.«

Also lebe ich und arbeite als Arzt. Heute Abend habe ich sie alle eingeladen. Mein ganzes Leben hat sich hinter der Tür nebenan versammelt. Meine Jugendfreunde, die ganze Verwandtschaft, meine aufgeregte Mutter, die ganze Praxis und die Jungs vom Fußballverein, die ich betreue. Ich höre die Band, sie spielt Lieder aus den Achtzigern, meine Songs und meine Bands. Ich rieche den Duft des Essens, der durch die Türe zieht. Ich bin Arzt geworden und weiß, was passiert in mir. Es scheint so, als habe ich überlebt. Meinen Vater bald um ein Jahr. Deshalb habe ich alle eingeladen. Ein Fest für mein Leben. Mit allen, die dazugehören. Ich habe mich durchgecheckt und alle Daten ausgewertet. Nach wie vor habe ich 90 Prozent meines Lebens hinter mir. Aber ich lebe. Jetzt. Ich schwenke sogar Whiskey in meinem Glas. Er zieht dichte Schlieren. Ich höre den Glockenschlag der nahen Stadtkirche und lasse jeden Ton verklingen.

Dann stehe ich auf, stelle das Glas auf den Tisch und gehe zur Tür, die den Festsaal von mir trennt.

Ich öffne die Tür, höre wie die Band »Who wants to live forever« intoniert, die Korken knallen und Konfetti regnet.

Ich gehe durch die Tür ins Leben.

GEBURTSTAG

Kurz schaute Johannes Hardecker hinter den Sessel und aus dem Fenster. Es waren keine Soldaten zu sehen, kein Mündungsfeuer mehr zu hören und die Flugzeuge waren verschwunden. Jeder Schrei verstummt. Seine Kehle war trocken, er wischte sich mit der Hand den Schlaf und den Schweiß aus dem Gesicht, trank einen Schluck Kamillentee. Es hatte geklingelt, fiel es ihm wieder ein. Der Wecker zeigte 14 Uhr. Mit beiden Händen stütze er sich auf die Sessellehne, spannte den Körper an, drückte sich nach oben, die Knie knackten, der Rücken schmerzte, die Füße schwer wie Getreidesäcke. Als er endlich stand, löste er mit der Hand die Bremse am Rollator, stützte sich auf die Handgriffe und setzte sich schleppend in Bewegung.

»Ich komme gleich«, rief er zur Tür, »ein alter Mann ist kein D-Zug!«

Er sperrte Hasso, der aufgeregt bellte, ins Nebenzimmer. Im Flur schaute er in den Spiegel, entfernte einen Brezelbrösel von den Lippen, öffnete den Mund, kratzte mit dem Nagel des kleinen Fingers seiner rechten Hand einen Essensrückstand zwischen den Zähnen heraus und schnippte ihn auf den Boden.

»Herzlich willkommen, Frau Pfarrer! Kommen Sie herein, dann können wir uns ein wenig unterhalten. Hier drin ist es auch kühl.«

Pfarrerin Eva Abendschein bedankte sich für die Einladung, folgte Johannes Hardecker ins Wohnzimmer und ließ sich auf dem von ihm zugewiesenen Platz nieder.

»Herzlichen Glückwunsch zum Geburtstag und Gottes Segen. Hier habe ich Ihnen noch etwas zum Lesen mitgebracht.«

Sie holte aus einer Baumwolltasche, auf die vermutlich die Kinder der Kinderkirche mit Kartoffelstempel »Gott liebt dich« gedruckt hatten, ein kleines Geburtstagsbüchlein hervor, auf dem über einer dunkelblauen Weintraube stand: »Segenswünsche zum Geburtstag«. Johannes Hardecker nickte, griff nach dem Büchlein und legte es unter die aktuelle Ausgabe des

Wasserburger Boten. Bisher hatte er Pfarrerin Abendschein nur im Talar und auf der Kanzel gesehen. Ihre Predigten waren ihm einstweilen zu politisch, aber die Wärme, die sie ausstrahlte, tat ihm gut, und ihr Gesang war glockenhell. Man musste ja froh sein, dass überhaupt jemand in die Gegend kam. Einmal hat er nach dem Gottesdienst an der Kirchentür seine Hand auf ihre gelegt, sie war warm und schmal, und er hatte gesagt: »Singet dem Herrn ein neues Lied, Frau Pfarrer, heißt es im Psalm. Ein neues, nicht drei! Sonst war es recht.« Danach hatte er lächelnd ihren Handrücken getätschelt. Ohne Talar war deutlich zu sehen, dass sie Sport machte. Sie trug ihre Haare kurz geschoren und ein silbernes Kreuz steckte in ihrem linken Ohrläppchen. Auf ihrem linken Unterarm hatte sie ›Glaube‹ und auf dem rechten ›Hoffnung‹ tätowiert. Der Nasenring in ihrem rechten Nasenflügel erinnerte Johannes Hardecker an den Ring, den früher die Kälber hatten oder auch mal ein Stier, um sie auf die Weide zu führen oder zu bändigen. Ihre Augen wachten hinter zwei kreisrunden Brillengläsern und ihre Fingernägel waren kurz geschnitten.

»Außer Kamillentee und ein paar Keksen kann ich Ihnen nichts anbieten.«

Johannes Hardecker reichte ihr den Teller, auf dem Tanja ein paar Kekse vorbereitet hatte. Pfarrerin Eva Abendschein griff sich einen mit Schokolade verzierten Keks, biss eine Ecke ab, schlug die Beine übereinander und lehnte sich zurück.

»Sind Sie von hier?«, eröffnete sie das Gespräch.

»Hier geboren und hier werde ich auch sterben. Außer im Krieg habe ich den Ort nicht verlassen. Warum auch?«

Johannes Hardecker blickte aus dem Fenster. Er sah die britischen Maschinen aus dem nachtschwarzen Himmel auftauchen, spürte, wie die Munition durch seine Hände glitt und hatte das Flakgeräusch und das Geschrei des Schützen im Ohr. Sie hatten das Flugzeug verfehlt, das jetzt wusste, wo sie waren, und umdrehte, den Schweinwerfer auf sie gerichtet, und Bomben fielen wie tote schwere Vögel aus dem Himmel.

Pfarrerin Eva Abendschein hörte Herrn Hardecker zu, aß mit einem Knacken ihren Keks auf und wischte die Brösel elegant auf den Boden.

»Ist das Ihre Frau, da auf dem Bild über dem Fernseher?«, fragte sie.

Johannes Hardecker nickte und beim Blick auf das Bild seiner Frau fiel ihm auf, dass der Fernseher immer noch lief. Der Rhein war zu sehen und Weinberge, die noch nicht zum Ernten bereit waren. Die Hitze war zu groß und er konnte eine Blähung nicht zurückhalten.

»Über sechzig Jahre waren sind wir verheiratet, die ist auch von hier.«

Johannes Hardecker spürte die Leere in sich, machte eine Pause, um dann neu anzusetzen: »Wissen Sie, im Krieg, da waren wir noch Jungs.«

Pfarrerin Eva Abendschein drückte die Lippen aufeinander und die Haut um den Mund herum vibrierte leicht, aus dem Augenwinkel lief ihr eine Träne über die Wange, die sie mit dem Handrücken wegwischte. Sie blickte Johannes Hardecker in die Augen.

»Haben Sie Ihren Geburtstag auch gefeiert? War die Familie da?«

Johannes Hardecker nahm ihren Blick auf, beugte sich ein wenig vor und legte die Brille auf das aufgeschlagene Fernsehprogramm.

»Mit 14 Jahren waren wir beim Jungvolk, dann Arbeitsdienst und HJ, das hat uns nicht geschadet. Wissen Sie, Frau Pfarrer, es war nicht alles schlecht beim Adolf. Da gab es noch Kameradschaft und der Bauer hat noch was gezählt.«

Seine Nasenflügel bebten und Pfarrerin Abendscheins Kopf sank sacht auf ihre Brust.

»Ja ja, das mit den Lagern war nicht schön, und was man später alles gehört hat. Aber was die heute in Israel machen, ist ja auch nicht besser. Oder was meinen Sie, Frau Pfarrer? Frau Pfarrer!«

Johannes Hardecker griff an die Schulter von Pfarrerin Abendschein, rüttelte sie ein wenig.

»Geht's Ihnen nicht gut?«

Pfarrerin Abendschein riss ihren Kopf hoch, schaute Johannes Hardecker mit großen Augen an.

»Ich muss leider weiter, zum nächsten Besuch. Vielen Dank für Ihr Vertrauen.«

Sie stand auf, reichte ihm die Hand, drehte sich um und ging.

»Ich finde schon alleine raus. Bleiben Sie ruhig sitzen.«

Johannes Hardecker schaute ihr nach und konnte zwischen ihren Schulterblättern ›Liebe‹ lesen.

Als die Tür ins Schloss fiel, kläffte sein Hund im Nebenzimmer aus Leibeskräften und Johannes Hardecker nahm sich einen Keks, schob ihn ganz in den Mund.

»Beim Pfarrer Fischer war alles besser«, sagte er sich, nahm die Fernsehzeitung in die Hand und suchte nach Ablenkung.

DAS LÄCHELN

Im Sommer wird er nicht breiter als zwanzig Zentimeter und führt kaum Wasser.

Als Kind hat er darin gewatet. Barfuß. Den Kies zwischen den Zehen gespürt. Die Fische beobachtet, die seinen Schritten erschrocken ausgewichen sind. Mit seinem Freund hat er Staudämme gebaut. Glatte Kiesel gesammelt, zu einer Mauer aufgeschichtet. Mit Laub und einem Brei aus Erde und Wasser die Ritzen verfugt. Fachmännisch. Stundenlang. Oft wurde es zu früh Abend und sie mussten den Staudamm über Nacht alleine lassen. Er erinnert sich, er muss so neun oder zehn Jahre alt gewesen sein, als ihn in einer warmen Vollmondnacht im Sommer sein Freund Peter weckte. Kleine Schottersteine hatte der so lange an sein Fenster geworfen, bis er wach wurde. Alles war in blaues Licht getaucht. »Komm, wir bauen weiter, ich hab eine Uhr dabei, um fünf Uhr gehen wir wieder heim.« Noch nie hatte er sich so frei und groß gefühlt. Irgendwann konnten sie den Bach übers Ufer treten lassen, kleine Fische mit der Hand fangen und sie in einem Eimer sammeln, um sie am Ende des Tages mit einem guten Gefühl wieder in den Bach zu lassen.

Der Bach im Wald.

Immer wenn er gefragt wurde, wie seine Kindheit war, sagte er: »Wir waren die ganze Zeit im Wald. Beim Bach.«

Deshalb hat es ihn nie überrascht, dass durch das Paradies nicht nur ein Bach, sondern zwei Flüsse fließen. Wie sonst sollte es im Paradies sein?

Seine Mutter hat ihn immer vor dem Bach gewarnt: »Der Waldbach ist ein Ungeheuer.« Dabei hat sie bedrohlich geschaut und ihn mit ihrer winzigen Hand fest an der Schulter gegriffen. In ihren Augen konnte er etwas lesen, was er von ihr sonst nicht kannte. Sie hat es mit jedem aufgenommen. Dem Lehrer Schmidt hat sie mit ihrem Regenschirm gedroht, als er nicht aufhörte, im Unterricht seinen Schlüsselbund nach ihm zu werfen oder seinen Daumen in seine Rippen zu drücken. Sie hat gearbeitet und gearbeitet und gesorgt. Ihre Eltern mitversorgt, in der Nudelfabrik in Schichten gearbeitet und aus dem Garten herausgeholt, was möglich war. Oft kam sie im Sommer mit einer Schale frisch gepflückter Erdbeeren oder Himbeeren an sein Bett, um ihn zu wecken. »Iss! Leben ist süß. Hörst du?« Sie schob ihm eine Himbeere in den Mund, lächelte und ging zur Arbeit. »Vergiss nicht die Haustüre abzuschließen«, rief sie ihm meistens noch hinterher.

Seinen Vater kannte er nur vom Foto, das die Mutter einmal die Woche abstaubte. Erst hauchte sie es an, dann sagte sie etwas Unverständliches und staubte den Vater mit einem gelben Stofftuch ab, um ihn wieder auf das Küchenbüffet zu stellen. »Den hat der Krieg geholt«, hat die Mutter ihm abends, während sie Kartoffeln schälte, mal gesagt.

Er hat das Ungeheuer in seiner Kindheit einmal gesehen.

Als im Frühjahr nach einem kalten Winter der Schnee schmolz und es tagelang regnete, schoss das Wasser an einem Morgen von jetzt auf nachher in einer riesigen Welle hinter dem Haus den Hügel hinunter. Die Mutter nahm ihn an der Hand, sie rannten, wie sie waren, vorne zur Tür hinaus, als das Wasser hinten die Fenster eindrückte, durch das Haus floss und vorne zur Tür das Haus verließ, angereichert mit dem Schaukelstuhl, der oben auf den Wellen tanzte und mit dem Bach über die Wiesen ins Weite strömte. Mit offenen Augen, fest an der Hand der Mutter, sah und hörte er, wie es zischte und schäumte und das Ungeheuer rauschend weiterzog. Sie waren von oben bis unten nass, standen im aufgeweichten Boden und spürten nicht, wie sie immer tiefer in die Erde sanken und Matsch ihre nackten Zehen umschloss. Ein paar Stunden später sank der Pegel und am Abend war der Waldbach wieder in seinem Bett, noch aufgewühlt und trübe. Tagelang konnten sie nicht ins Haus, mussten bei Freunden schlafen. Tagelang schrubbte die Mutter auf Knien den Schlamm aus dem Haus, während er in der Schule war. Oben im Dorf sammelten sie Kleider, Möbel und alles andere auch, damit sie wieder in ihr Haus gehen konnten. Es dauerte lange, bis die Mutter wieder den Garten mit seinen klaren Beeten so angelegt hatte, wie sie es wollte. »Der Waldbach nimmt sich, was er will.« Oft sagte sie den Satz zu ihm und oft erzählte sie dann auch anschließend, wie er einen Klassenkameraden von ihr mitgerissen hatte, in einer ähnlichen Sturzflut, und wie sein komisch verdrehter Körper einen Tag später auf einem mitgerissenen Baumstamm lag. »Wie dir eine Katze die Maus vor die Tür legt«, so schloss sie immer die Erzählung ab, lehnte sich zurück und biss in ihr mit Salz bestreutes Butterbrot. Einmal, als er von der Schule etwas früher nachhause kam, sah er, wie seine Mutter am Bach stand und gestikulierte und mit dem Bach redete. Für sie war er lebendig. Wie alles lebendig war. Sie lobte den Apfelbaum, wenn er gut Früchte trug. Sie streichelte die Tomate, und dem Kirschbaum sang sie ein Abendlied.

Der Waldbach versorgte sie mit Wasser. Schon als Kind musste er mit der schweren blechernen Gießkanne Wasser aus dem Bach holen, um die eingesäten Pflanzen zu gießen, so wie es ihn die Mutter gelehrt hatte. Vorsichtig und kräftig zugleich, damit alle etwas abbekommen, der Samen aber nicht nach oben gespült wird. »Siehst du, wie die Krähen lauern?« fragte sie ihn.

»Ohne den Waldbach könnten wir nicht leben«, sagte die Mutter ihm wöchentlich samstags nach der Gartenarbeit mit ein wenig Ehrfurcht in der Stimme und sie fuhr mit verlorenem Blick fort: »Wir brauchen ihn, er braucht uns nicht.«

In den letzten vier Jahren ihres Lebens schoss der Waldbach zwei Mal wieder von hinten durch die Fenster ins Haus und nahm alles mit, was durch den Türrahmen passte. Jedes Mal hat sie es kommen sehen und sich in Sicherheit gebracht, jedes Mal wieder alles gereinigt, mit Tränen in den Augen, er hat ihr so gut es ging geholfen. Ein Trockengerät besorgt, das wochenlang schnurrte und mit seiner Wärme verhinderte, dass die Wände zu schimmeln anfingen.

Beim zweiten Mal musste das ganze Haus innen gestrichen und alle elektronischen Geräte erneuert werden. Zwar zahlte die Versicherung, aber der Ärger, die Arbeit setzten der Mutter mehr und mehr zu, auch die Verwüstung ihres Gemüsegartens machte ihr zu schaffen. »Immer wieder von vorne anfangen, kann ich nicht mehr. Noch ein Hochwasser überleb ich nicht«, so hat sie es ihm gesagt, nachdem das letzte Beet wieder neu angelegt, geharkt, eingesät war. Sie stützte sich dabei auf den Stiel ihrer Hacke und er sah, dass ihr Lächeln nach und nach aus dem Gesicht verschwand und Sorgen sich breit machten. Sie war alt geworden. Die Haare weiß und dünn, die Kittelschürze hing schlaff an ihrem Leib hinunter, die Finger waren alle krumm und wenn sie ging, musste sie sich bei jedem Schritt irgendwo stützen. Ihren Augen fehlte der Glanz. Er scheute sich davor, die Fragen zu stellen: Wie lange kann die Mutter noch allein sein? Wo soll sie hin? Wenn er sie verpflanzt, stirbt sie. »Unkraut vergeht nicht«, hatte er ihr mit einem Lächeln gesagt und seine Hand auf die ihre gelegt.

Das rote Laub der Rotbuche glänzte in der Sonne. Der Wind trug mehr Herbst mit sich, als ihm lieb war.

Weil er sie telefonisch nicht erreicht hatte, hat er sich vor einer Woche aufgemacht. Gleich nach der Schule mitten in der Woche sich durch den Verkehr hierher gequält. In den letzten Tagen hat es unablässig geregnet und die Mutter hatte beim letzten Anruf gesagt: »Der bleibt nicht mehr lange in seinem Bett.«

Als er das Auto parkte, sah er die offene Haustür. Aus dem Kamin stieg kein Rauch auf.

Er ging ums Haus, sah sie im Bach liegen. Im Nachthemd. Ihre Strickjacke am Ufer abgelegt. Zusammengelegt, wie sie es jeden Abend machte. Ihre Schuhe parallel daneben.

Zum ersten Mal seit Tagen hörte es auf zu regnen. Sie schien zu lächeln.

DER ZITRONENFALTER

Sein Radiowecker begrüßte ihn mit der Verkehrsdurchsage. »Stau auf der A6«. Er tastete nach seiner Brille auf dem Nachttisch, lauschte noch den ersten Takten eines Lieds, streckte sich im Bett, machte ein paar Übungen, die ihm nach seiner Hüftoperation empfohlen wurden, und setzte sich auf.

Das Bett neben ihm war leer. Er hatte das Bettzeug schon entsorgt und blickte auf die Matratze und zum Fenster hinaus. Ein paar Vögel pickten die Kirschen vom Baum und er konnte den blauen Himmel erkennen. Ein heißer Sommertag zeichnete sich ab. »Schade, dass ich nicht an der Ostsee bin«, dachte er.

Nach seiner Morgentoilette holte er die Zeitung aus dem Briefkasten, ging in die Küche, machte das kleine Transistorradio an und füllte Wasser in den Wasserkocher. In den Sieben-Uhr-Nachrichten erfuhr er nichts anderes als gestern Abend in der Tagesschau. Alles beim Alten. Der Krieg ging weiter, das Klima wurde nicht besser und irgendwo brannte der Wald.

Er schüttete zwei Löffel Instantkaffee in seine Tasse, füllte sie mit kochendem Wasser auf, schloss die Augen und lächelte, als er den Duft des gebrühten Kaffees roch. Während er sich zwei Brote mit Erdbeermarmelade schmierte, warf er einen Blick auf die Zeitung und hörte, wie Frau Hauser ihren Kindern Noah und Jenny wie jeden Morgen »Viel Spaß in der Schule!« hinterherrief, als die beiden schon das Treppenhaus hinunterhüpften.

Manchmal sehnte er sich nach mehr Ruhe. So wie damals. An der Ostsee. Direkt hinter dem Deich haben sie ein kleines Häuschen gekauft. Von der Abfindung seiner Firma. »Du musst in Vorruhestand. Platz machen für die Jüngeren. Ein besseres Angebot gibt es nicht, Eberhard.« Seiner Frau Helga hat das Klima gutgetan. Ihm die Weite, die Ruhe, der Wind. Kostenlos mit dem Bus fahren und die Veranstaltungen im Kurhaus besuchen.

Er überflog den Lokalteil der Zeitung, warf einen Blick in die Traueranzeigen und spülte den letzten Bissen Marmeladebrot mit lauwarmen Kaffee nach.

Ein Blick auf die Uhr zeigte ihm noch fünfundzwanzig Minuten bis zur Abfahrt. Er hatte sich am Abend zuvor schon die Kleidung auf dem Sofa hergerichtet. Er strich mit dem Finger über das rote Hawaiihemd und zog es an. »Zieh doch das rote Hawaiihemd an«, hatte seine Frau gesagt, wenn sie sich aufgemacht hatten, um sich in eines der Strandcafés an der Promenade zu setzen. Sie beim Kaffee, er mit Pils. Nur sitzen und schauen. Wie die Jungs sich beim Beachsoccer verausgaben, wie andere surfen. Wie sie Eis essen und die Möwen nach der Waffel gieren.

Punkt 9 Uhr 45 nahm er seine Aktentasche mit allen Unterlagen in die Hand, schloss die Türe hinter sich zwei Mal ab, drückte die Klinke zur Kontrolle und begegnete im Treppenhaus Josip. »Wie geht's, Herr Wagner? Schönes Hemd, Herr Wagner. Grüßen Sie Ihre Frau.« Herr Wagner hob die Hand zum Gruß, nickte und stellte sich an die Bushaltestelle direkt vor dem Haus, wo der Bus in einer Minute kommen müsste.

Bushaltestelle direkt vor dem Haus. Das war ihr wichtig gewesen, als sie den Norden wieder verlassen mussten. Ihrem Vater ging es nicht gut und sie wollte in der Nähe sein. Haus verkauft, Wohnung gemietet, eingezogen und noch am Tag des Einzugs ist der Vater verstorben. Herr Wagner dachte oft: »Hätten wir auch an der Ostsee bleiben können.«

Der Bus war leer und er wählte einen Fensterplatz. Die Aktentasche stellte er auf seine Schenkel und ließ die Häuserreihen vorbeistreifen. Drei Haltestellen waren es bis zum Waldfriedhof. Als er ausstieg, wischte er sich den Schweiß von der Stirn, orientierte sich an der Beschilderung und folgte dem Weg zur »Feierhalle«.

Mit dem Bestatter hatte er ausgemacht, dass seine Frau ihr Lieblingsnachthemd tragen würde und der Sarg offenbleiben sollte, damit er sich noch verabschieden konnte. Für die Kammer hatte er vom Bestatter einen Schlüssel erhalten. Auf dem Weg zur Feierhalle, bei der sich die Kammer befand, begegnete ihm eine Frau mit einer Gießkanne. Ein Bagger hob ein Grab aus und die Vögel sangen ihr Lied.

»Helga Wagner« stand auf dem Namensschild bei der Kammer. Er holte den Schlüssel aus der Aktentasche, öffnete die Tür und sah sich um. In der Mitte des Raumes lag seine Frau aufgebahrt, in ihrem Lieblingsnachthemd und so hergerichtet, dass sie aussah, als ob sie schliefe. Er stellte sich neben ihren Sarg, wollte sie berühren, um sie aufzuwecken, ließ es dann aber doch sein. Brachte ja nichts. Neben dem Kopfende war ein Stuhl, den er über den braunen Klinker zu sich zog, um sich zu setzen.

Es war angenehm kühl und in der Ecke waren ein paar Spinnenweben sichtbar und ein dürres Blatt lag auf dem Boden. Er öffnete die Aktentasche, tastete mit den Fingern nach der Dose Bier und öffnete sie. Das Zischen hallte in dem Raum wider und er erschrak fast ein wenig. »Prost, Helga.«

Das Bier breitete sich in seinem Körper aus und entspannte ihn. Er nahm noch einen Schluck, sah seiner Frau ins Gesicht und konnte doch das junge Mädchen erkennen, das ihm beim Tanz in den Mai damals vor über fünfzig Jahren aufgefallen war. Weil sie ein wenig hinkte und trotzdem so grandios die Polka tanzte. »Jetzt tanzt du im Himmel weiter.« Er prostete ihr noch einmal zu, leerte die Dose, packte sie in einen Gefrierbeutel und legte sie in die Aktentasche zurück.

»Schön, dass Sie schon da sind«. Der Bestatter, dessen Name er sich nicht merken konnte, hatte die Tür geöffnet und streckte seinen kahl rasierten Kopf herein. »Wenn Sie so weit fertig sind, dann machen wir zu. Der Pfarrer ist auch schon da«. Herr Wagner nickte, stand auf, steckte sein Hemd in die Hose und lief Richtung Feierhalle. In der langen Hose war ihm zu warm und er würde gerne heute noch an einen See radeln und schwimmen.

Vor der Feierhalle waren zehn Stühle vor einem Rednerpult aufgestellt. In einer Vase neben dem Pult standen fünf Sonnenblumen, die schon ein wenig welk waren. Der Pfarrer zog gerade seinen Talar an, als Herr Wagner sich in der ersten Reihe hinsetzte. »Kommt noch jemand, oder sind wir alle?«, fragte der Pfarrer, als die Sargträger Helga Wagner neben den Sonnenblumenstrauß schoben. Herr Wagner schüttelte den Kopf und der Pfarrer gab dem Bestatter ein Zeichen. Herr Wagner hatte Mühe, sich auf die Worte des Pfarrers zu konzentrieren und schaute den beiden Vögeln zu, die über der Feierhalle turtelten. Aus der Ferne war der Verkehr der Bundesstraße zu hören. Er war immer gerne Auto gefahren. Auch weite Strecken. Am liebsten mit seinem Daimler. In den Achtziger-Jahren hatte er den gekauft und gefahren, bis ihm der Penner mit seinem LKW in die Seite fuhr. Nur noch Schrott, das ganze Auto, und Helga hat sich von dem Unfall nicht mehr erholt. Sie war anders danach, auch wenn ihr nichts anzusehen war. Irgendwie konnte sie nicht mehr so schnell denken und war beim Bingospielen außen vor, oder bei »Wer wird Millionär?«, das sie oft am Abend zusammen schauten. Als sie ihre Schuhe in den Kühlschrank räumte und ihm vorwarf, dass er sie versteckt habe, wusste er, dass es nicht mehr besser werden würde.

Plötzlich packten die Sargträger die Griffe an Helga Wagners Sarg und drehten sich um. Der Bestatter griff Herrn Wagner unter die Schulter und sagte ihm ins Ohr: »Jetzt geht's los, Herr Wagner. Geht's?« Herr Wagner griff nach seiner Aktentasche, ließ sich vom Bestatter aufhelfen und folgte dem Sarg und dem Pfarrer. Die Sargträger schoben den Wagen, auf dem Helga Wagners Sarg stand, und bewegten sich fast im Gleichschritt durch die Hitze. Die Luft flimmerte und die Menschen, an denen sie auf dem Weg zum Grab vorbeikamen, standen still und verneigten sich.

»Ich will in einer blühenden Wiese liegen«, hatte seine Frau gesagt, als sie alles geklärt hatten und sie noch dazu in der Lage war. Ein Wiesengrab hatten sie ausgesucht, ziemlich am Ende des Friedhofs. »Wie eine blühende Blumenwiese – so stell ich mir den Himmel vor.« Er hatte keine Ahnung vom Himmel. Er lebte, und wenn er sterben würde, würde er tot sein. Mehr nicht. So ist das. Leben. Sterben. Tot sein. Für ihn als Allergiker wäre eine blühende Blumenwiese alles andere als himmlisch. Wenn es schon ein Leben im Himmel geben sollte, dann sollte wenigstens Helga da sein. Auf alle anderen konnte er verzichten. Vielleicht Helga, Ostsee. Pils.

Als sie um die Feierhalle bogen, begann die Glocke zu läuten und ein leichter Wind vertrieb die Hitze ein wenig. Die lange Trockenheit hat alles braun werden lassen. Die Blumenwiese mit den Gräbern sah aus wie Heu und hatte breite Risse. Eine Maus huschte über den Weg. Der Pfarrer ließ dreimal Erde auf den Sarg fallen. Das dumpfe Geräusch brachte Herrn Wagner ins Leben zurück, wie auch die Tiefe des Grabs. Wie tief ein »doppeltiefes« Grab ist, kann sich ja keiner vorstellen.

Bestatter und Pfarrer verabschiedeten sich von ihm, sprachen ihm nochmals ihr Beileid aus und gingen ins Gespräch vertieft zur Feierhalle zurück. Er blieb noch ein wenig am offenen Grab stehen. Die Schwüle machte ihm zu schaffen und er suchte den Himmel ab, ob sich irgendwo erlösender Regen ahnen ließe.

»Tschüss, Helga. Gut, dass es im Grab kühl ist.« Er winkte kurz ins Grab, nahm seine Aktentasche in die Hand und machte sich auf den Weg zur Bushaltestelle. Er erreichte sie fünfzehn Minuten bevor der Bus kam. Die Wartebank stand in der prallen Sonne. Er wischte mit seinem Taschentuch ein wenig Vogelkacke weg, setzte sich und schaute auf die Uhr. »Für ein kleines reicht es noch«, öffnete die Aktentaschen und suchte nach der kleinen Dose Bier, die er für alle Fälle eingepackt hatte.

Ein Zitronenfalter ließ sich auf einer Margarite nieder.

R.I.P. (ROCK IN PEACE)

Auf Rudi Reicherts Schreibtisch lag versteinerte Saurierkacke. Immer, wenn ihn sein Hauptamtsleiter Huber oder einer der Fraktionsvorsitzenden aus dem Gemeinderat nervte, warf er einen Blick auf die Versteinerung. »Die Kacke gibt's noch immer, auch wenn der Huber längst in der Kiste liegt«, war einer der Gedanken, die ihn beruhigten und den Ärger relativierten. Manchmal half ihm auch ein Schluck Quittenschnaps, den er in seinem Schreibtisch direkt neben einer Tube Senf aufbewahrte. Er liebte sein Amt als Bürgermeister und freute sich auf den bevorstehenden Ruhestand. Vom Typ her trank er lieber Bier als Wein und hatte sich einen Hobbykeller in seinem Haus ausgebaut. Dort hing ein Flatscreen an der Wand und im Raum waren mehrere Boxen verteilt, eine Bar hatte er gezimmert und eine Diskokugel an die Decke geschraubt. Mit seinen Freunden, mit denen er früher Motorradtouren unternommen hatte, traf er sich fast jeden Freitagabend, um die Segnungen von YouTube zu genießen. Er tauschte sein Jackett gegen die Lederjacke mit den Abzeichen, freute sich auf Cola-Whiskey und die alten Konzerte, die sie früher besucht hatten. Sie schüttelten ihr schütteres Haar und grölten aus der Tiefe ihrer Kehle und Seele, sodass seine Frau es vorzog, an jenen Abenden ihre kranke Schwester zu besuchen.

Jetzt lag der Huber in der Kiste. Herzinfarkt. Im Büro von Rudi Reichert. Mitten im Gespräch. Zutreffender wäre es zu sagen: Sie haben sich beide angebrüllt, bis ihre Adern auf der Stirn und an der Kehle zu platzen drohten und seine Sekretärin im Vorzimmer zu singen begann, was sie immer dann tat, wenn Rudi Reichert zu brüllen begann. Meistens sang sie Choräle, die ihr ihre Großmutter beigebracht hatte. Es ging um den Neubau der Kläranlage. Sie hatten andere Vorstellungen und gerade als Huber »Du bist beratungsresistent!« brüllte, blieb sein Herz stehen.

Selbst während des ACDC-Konzerts in seinem Keller konnte Rudi Reichert sich die Szene vor Augen holen. Wie Huber sich an den Hals fasste, der Schweiß auf seine Stirn trat, er mit der Hand Halt suchte, die Saurierkacke vom Tisch warf und sie auf dem Boden auseinanderbrach, während Huber in sich zusammensackte und mit einem dumpfen Knall auf dem Boden aufschlug.

Aus seinem Vorzimmer konnte Rudi Reichert »Du meine Seele singe, wohlauf und singe schön« hören. Instinktiv öffnete er ein Fenster und schloss dem Huber seine Augen. Er fühlte sich weich und warm an. Die Vögel sangen ihr Mittagslied im Kirschbaum vor Rudi Reicherts Büro.

»Du musst eine Rede halten«, hat ihm Herbert Schmierer als Botschaft aller Fraktionsvorsitzenden mitgeteilt. »Auf seiner Beerdigung musst du den Nachruf der Stadt halten. Schließlich wart ihr zweiundzwanzig Jahre ein Team.«

Deshalb saß Rudi Reichert an seinem Schreibtisch, blickte auf die Tastatur und den Bildschirmschoner. Seit einer halben Stunde saß er schon so da. Mal zuckten seine Finger in Richtung Tastatur, mal blickte er auf die zerbrochene Saurierkacke, mal schaute er in den blühenden Kirschbaum.

Kein Wort wollte aus der Tastatur auf den Bildschirm kommen. Was sollte er über Huber auch sagen?

Ihm fiel ein, wie sein Vater vor vielen Jahren von einer Beerdigung nachhause kam, seinen Hut auf den Tisch legte, die schwarze Krawatte am Hals lockerte und sagte: »Nirgendwo wird so viel gelogen wie auf dem Friedhof.«

Der Huber hatte ihn nur genervt. Schon wenn er ihn sah, sträubten sich seine Nackenhaare. Wenn er den Mund öffnete, quälte ihn die Stimme im Ohr und sein Hochdeutsch war unerträglich für ihn, wie auch seine ständige Besserwisserei. »Wärst du halt selbst Bürgermeister geworden«, hat er ihm öfter um die Ohren gehauen, »dann könntest du das alles so machen, wie du willst!«

Er surfte ein wenig im Internet nach Zitaten zum Thema Tod und Trauer. »Solange wir sind, ist der Tod nicht. Sind wir nicht mehr, ist der Tod« oder »Der Tod ist sicher, unsicher ist die Stunde« und klickte ein Zitat nach dem anderen wieder weg.

»Der Huber war eine Nervensäge«, dachte er, »aber den Tod habe ich ihm nicht gewünscht.« Er öffnete die Tür an seinem Schreibtisch, beugte sich hinab, legte die Tube Senf zur Seite und griff zum Quittenschnaps. Er zog den Korken aus dem Flaschenhals, ließ das Quittenaroma durch die Nase in seinen Körper ziehen und nahm einen tiefen Schluck direkt aus der Flasche.

»Ich werde nicht lügen«, sagte Rudi Reichert vor sich hin, steckte den Korken in die Falsche zurück und legte seine Finger auf die Tastatur, wie ein Pianist vor dem Konzert am Flügel.

»Der Huber war eine Nervensäge. Aber eine mit Verstand«, begann er zu tippen und freute sich, dass seine Finger über die Tasten flogen.

AM SEE

»Ich hab hier echt keinen Empfang.«

Luisa stand barfuß auf einem schroffen Kalkstein am Ufer des Waldsees, der hinter der Veitskapelle am Waldrand lag. Mit ausgestrecktem Arm drehte sie ihr Telefon wie eine Antenne. Einer Artistin gleich versuchten ihre Beine das Gleichgewicht zu halten, die Zehen krallten sich in den Auswaschungen des Steines fest, sie waren an manchen Stellen schon ganz weiß. Mit ihrer Cousine Amy verbrachte sie wie jedes Jahr, seitdem sie drei Jahre alt waren, eine Woche Sommerferien in Kaltenfeld auf dem Hof ihrer Großeltern, bei Oma und Opa Semler. Es war brütend heiß und hatte lange nicht geregnet.

»Weißt du noch letztes Jahr«, begann Amy ihren Satz, drehte ihren Kopf und schaute suchend in den Wald. »Als uns der spinnerte Siegfried vollgelabert hat. Mit dem ganzen wirren Zeugs.«

Sie schob ihre Sonnenbrille in ihr gelocktes Haar und versuchte durch die Dichte der Bäume hindurch irgendetwas im Wald zu erkennen. Luisa folgte ihrem Blick. Ihr fielen die Sätze wieder ein, die der spinnerte Siegfried aus seinem zahnlosen Mund fallen ließ: »Irgendwann holt er jeden. Achtet auf den Schnee! Achtet auf die Zeichen, dann seht ihr alles.« Die Erinnerung ließ selbst im Hochsommer eine Gänsehaut über ihre Arme schauern.

Obwohl es Nachmittag war, war der Wald schwarz, eine Wand aus Stämmen, wie eine Festung, die alles verbarg, was in ihr Schutz suchte. Luisa verlor das Gleichgewicht und rutschte kreischend in den See, bemüht, ihr Telefon vor dem Wasser zu schützen, Kröten tauchten zwischen den Seerosen ab.

»Scheiße, ist der kalt! Hier geht echt gar nichts.« Amy musste lachen und half ihr aus dem Wasser.

Frustriert zog Luisa ihr T-Shirt aus und hielt es sich kurz vor die Nase: »Stinkt alles nach Schweinestall!«

Sie legte sich neben Amy auf das ausgebreitete Badetuch und schaute in den endlosen Himmel. »Wenn du nicht da wärst, könnte ich es hier keine drei Minuten aushalten.«

Sie trocknete sich die Haare, entfernte mit Zeigefinger und Daumen eine grüne, gallertartige Pflanze von ihrem Oberschenkel und suchte dann in der Badetasche nach dem Stück Apfelstreuselkuchen, den ihnen Oma Semler eingepackt hatte. Sie öffnete die Plastikdose nur an einer Ecke, gerade so, dass sie mit ihrer Nase den Duft des Kuchens einfangen konnte.

»Wie macht die das nur?«, fragte Luisa, öffnete die Dose und gab Amy ein Stück.

»Die Polizei soll einen Toten im Haus von dem Rudi gefunden haben, der da in dem Hexenhäuschen wohnte. Schon Jahrzehnte soll der unter den Dielen gelegen haben.«

Amy wischte sich die Krümel vom Mund.

»Stell dir mal vor, du lebst da die ganze Zeit mit einem Toten im Haus. Der ist immer da, wenn du schläfst, wenn du isst. Der sieht alles.«

Luisa biss in den Kuchen. »Du spinnst doch, Amy. Tote sehen nichts. Wenn du stirbst, ist alles vorbei. Da ist nichts mehr. Oder du siehst nur noch die Sterne.«

Sie schloss die Augen und öffnete sie erst wieder, als sie ein Flugzeug hörte.

»Die fliegen nach Malle«, sagte Luisa und verfolgte den Kondensstreifen.

Amy streckte ihre Arme in die Höhe, ihre Freundschaftsbändchen rutschten fast bis zum Ellbogen, legte den Kopf in den Nacken und sang: »Malle ist nur ein Mal im Jahr!«

Sie stieß Luisa in die Seite, bis sie zusammen um die Wette grölten, aufstanden und auf dem Handtuch tanzten. Für einen kurzen Moment vergaß Luisa die Einöde Kaltenfelds.

Ein dumpfes Knacken im Wald unterbrach ihren Tanz. Sie erstarrten und blickten auf den Waldrand. So sehr sie auch versuchten, mit ihren Augen die ersten paar Meter des Tannendickichts zu durchdringen, es gelang ihnen nicht.

»Da bewegt sich doch was«, sagte Amy und zeigte in den Wald. Luisa folgte ihrem ausgetreckten Arm, ihre kleinen blonden Härchen hatten sich aufgestellt wie kleine Stacheln. »Bestimmt nur ein Reh. Komm, wir hören Musik«, sagte sie und nahm Amy an der Hand. Sie spürte deren feuchten Handflächen und ihren klammernden Druck, zog sie mit aufs Handtuch, holte die Kopfhörer aus ihrer Hosentasche und teilte sie mit Amy.

»Ist so schade, dass der nicht mehr singen kann« sagte Luisa und drehte die Lautstärke hoch, damit Chester Bennington Platz in ihren Körpern und Seelen fand.

»Vielleicht singt er jetzt im Himmel. Du weißt doch, was Opa immer sagt: Wenn ich sterbe, komme ich in den Himmel, da ist es wie hier, nur anders.«

Amy warf den Kopf in den Nacken und schaute mit geschlossenen Augen in den Himmel. Luisa ergriff ihre Hand, die jetzt trocken war: »Wenn ich mal sterbe, passe ich immer auf dich auf von da oben.«

Amy zog kurz die Augenbrauen zusammen, strich dann aber mit dem Daumen über Luisas Handrücken und lehnte ihren Kopf an Luisas Schulter. Sogleich bildete sich Schweiß wie Klebstoff zwischen den beiden Hautflächen, aber es störte Luisa nicht.

Luisa stützte sich auf ihre Ellbogen und schaute über den See. Ein dünner Windhauch ließ leichte Wellen auf der Oberfläche entstehen, eine Libelle flog über das Wasser. Sie schimmerte blau und ihr Flügelschlag war das einzige Geräusch, das zu hören war. Auf der anderen Seite des Sees schob der spinnerte Siegfried sein Fahrrad aus dem Wald über die Wiese hoch zur Veitskapelle, neben der er wohnte. Jäh hielt er inne und blickte zu den beiden Mädchen.

»Der hat sie doch nicht mehr alle« sagte Amy und steckte sich wieder den Kopfhörer ins Ohr und schloss die Augen.

Sie öffnete sie erst wieder, als Luisa ihr panisch den Kopfhörer aus dem Ohr zog: Der spinnerte Siegfried stand fast am Kopfende ihrer Handtücher. Er war unrasiert, hatte einen schiefen Blick, einen grauweißen Bart und Haare, die ihn alle Richtungen abstanden. In ihrem Schreck war Amy aufgesprungen und schrie jetzt: »Lass uns bloß in Frieden! Hau ab!«

Sie machte einen Schritt auf ihn zu, Luisa hinter sich im Rücken, sie gleichzeitig schützend und durch sie geschützt. Der spinnerte Siegfried wich sichtlich erschrocken zurück, versuchte sich mit seinem Fahrrad in den Händen rückwärtszubewegen und rang mehrmals mit dem Gleichgewicht. Als er auf dem Schotterweg oberhalb des Sees angekommen war, direkt unter einer Scheune, holte er Atem und sein ganzer Körper zitterte.

Er war immer noch recht nahe. Amy konnte sehen, wie er die Augen schloss, mit dem einen Arm in den Himmel deutete, den Kopf in den Nacken legte und rief: »Sie kommen alle wieder, die Toten. Keiner geht für immer. Merkt euch das!« Dann schwang er seinen dürren Leib auf das klapprige Fahrrad und fuhr den Schotterweg entlang zum Dorf zurück. Immer wieder einmal fuchtelte er mit dem Arm und Amy konnte einzelne Silben hören, bis er aus ihrem Sichtfeld verschwunden war.

Luisa hielt sich an Amys Hand fest. »Redet der von Zombies, oder was meint der? Echt schräg.«

Amy zog die Schultern hoch und legte sich zurück aufs Handtuch, mit der Hand verscheuchte sie eine Biene, die einen Brösel vom Apfelkuchen auf dem Handtuch erobert hatte. Der See kräuselte sich von einer sanften Brise gerührt und am Horizont zeigten sich die ersten dunklen Wolken.

»Komm, wir packen zusammen. Hier in dem Scheißkaff gibt's nur Irre.«

»Meinst du, der weiß was von dem Toten beim Rudi?«

»Hier weiß jeder alles und keiner weiß irgendetwas.«

Sie suchten ihre Sachen zusammen. Luisa versuchte, in ihre Sandalen zu kommen und packte ihr Badetuch und den Korb.

»Tschüss, lieber See, bis nächstes Jahr«, sagte sie und folgte Amy hinauf in Richtung Schotterweg.

WENN BEI UNS EINER STIRBT

Wenn bei uns einer stirbt, wird er im Hof an einer überdachten Stelle aufgebahrt. Im Sarg und offen, sodass sich alle von ihm verabschieden können. Bald werde auch ich aufgebahrt im Hof stehen und sie werden mir alle noch einmal ins Gesicht sehen. Und ich ihnen. Sie schauen mich an und ich zurück, so stelle ich mir das vor. Hoffentlich werden auch Susanne und Petra vorbeischauen, erleichtert, dass die Aufgabe erledigt ist. Trompetenhans wird in seinem schiefen Anzug vor mir stehen, die Trompete unter den rechten Arm geklemmt, und mir in die Wange kneifen, um zu überprüfen, ob ich tatsächlich richtig tot bin. Ich werde, wie so oft, in die braunen Augen von Ruth sehen und mir überlegen, warum ausgerechnet der krumme Walter die schönste Frau weit und breit bekommen hat. Meine Eltern werden sich nicht mehr verabschieden können, auch wenn es ihr Hof ist, auf dem ich liege. Schließlich wird Pfarrer Goldammer vor mir stehen, seine Hände zum Segen erheben und anschließend mit einem Nicken dem Bestatter das Zeichen zum Schließen des Sarges geben. Dann wird mich keiner mehr sehen. Und ich?

Was mir seit einigen Wochen am meisten abverlangt, ist der Lagerungswechsel. Ohne Hilfe kann ich mich nicht mehr drehen, nicht einmal meinen Kopf. Nur mit Susanne und Petra ist mir das möglich, zwei Schwestern von der Sozialstation. Mit geschickten Händen und bewährter Technik lagern sie mich so, dass ich nicht aufliege. Nicht faule. Innerlich hat das ja schon lange angefangen. Bevor sie mich lagern, cremen sie ihre Hände ein. Sie kommen mir so nahe, dass ich sie riechen und die eintätowierten Geburtstage von Petras Kindern auf ihren Unterarmen sehen kann, oder Susannes kleine Härchen in der Ohrmuschel. Petra raucht und Susanne trinkt gern starken Kaffee, ihr Duft vermischt sich mit der Calendulacreme und ihrem Haarspray. Sie reicht mir die Schnabeltasse mit Tee. »Trinken Sie einen Schluck. Brauchen Sie noch was?« Ich genieße die Wärme, die der Tee in meinen Körper bringt, durch die Mitte hindurch bis in alle Finger- und Zehenspitzen. Tee im kleinen Zeh. Essen will ich nicht mehr, Kaffee muss ich erbrechen. Susanne und Petra gehen in die Küche, ich höre, wie sie auf ein freies Wochenende hoffen. »Mal wieder ausschlafen.« Im Radio singt Roland Kaiser »Santa Maria«, gefolgt von der Verkehrsdurchsage um 11 Uhr 30. Nicht mal meinen Sender haben sie verdreht. Durch die angelehnte Tür rieche ich den frisch gebrühten Kaffee.

Wenn ich meinen Kopf nach links drehen könnte, würde ich auf die von meiner Mutter genähten Gardinen schauen. Ich sehe sie da noch sitzen, an ihrer Nähmaschine, in den Wintermonaten vor dem Ofen, wenn auf den Feldern nichts zu arbeiten war, höre das Tackern der Maschine, das Surren des Fadens, sehe ihren gebeugten Körper, dem die Konzentration auch von hinten anzusehen ist. Neben ihr meinen Vater auf dem Sofa, die Beine ausgestreckt auf einem Stuhl, Wollsocken mit Loch und einem Glas Wein aus dem eigenen Weinberg in der Hand. Gerade von seinem Gang nach dem Abendessen zurückgekehrt. Immer mit seinem Tonkrug in den breiten Händen ging er die steile Holztreppe mit Schritten hinunter, die das Holz ächzen ließen, über den Hof zur Scheune. Mein Vater öffnete die Tür zum Keller, nicht ohne vorher mit dem Fuß drei Mal kräftig gegen die Türe zu treten, damit die Ratten Bescheid wussten. Der dunkle Geruch des Kellers vermischte sich mit dem Alkohol, der dort in der Luft lag und in den Fässern lagerte. Mit seiner Linken tastete er nach dem Drehschalter und brachte eine schwache Glühbirne zum Leuchten. Spinnweben hingen mit Staub beschichtet von der Decke, fünf Eichenfässer in einer Reihe aufgereiht, mit Kreide waren die Sorte und der Jahrgang notiert, damit auch in der richtigen Reihenfolge getrunken wurde. Dort am Fasshahn, wenn der erste Wein in seinen Krug floss, schien er glücklich zu sein.

Für meine Mutter dagegen hatte Alkohol rein medizinische Zwecke. Wenn ich am Sonntagmorgen zu ihr ins Bett kam, konnte ich den Birnenschnaps noch riechen, mit dem sie sich vor dem Schlafen ihre Schultern und Knie eingerieben hatte. Abends saß sie im weiten Nachthemd und mit offenen Haaren im Bett, die Brille auf dem Nachttisch. Die Schnapsflasche hielt sie mit der Öffnung nach unten und drückte ein Stofftaschentuch daran. Dort, wo es sich vollgesogen hatte, wurde es fast durchsichtig. In Kreisen rieb sie mit dem Taschentuch über die Knie, die leicht rot wurden. Manchmal, an besonderen Abenden, durfte ich das Einreiben übernehmen. Heute lasse ich mich von Susanne oder Petra einreiben, die genau wissen, was sie tun.

Petra stellt sich ans Fenster und schiebt mit beiden Händen die Gardinen zur Seite. »Jetzt kann die Sonne noch ein wenig ins Zimmer«, sagt sie und lächelt. Ich sehe die Sonne, ein rotgelber Ball. Ich kann ihre Helligkeit aushalten, sie ist schon fast hinter dem Wald versunken. Der Hof liegt im Schatten. In den letzten Strahlen tanzt der Staub im Zimmer. Ich schaue den kleinen Teilchen nach, wie sie tanzen und nichts wissen vom Werden und Vergehen. Obwohl sie fallen, sieht es aus, als würden sie nach oben schweben. »Können Sie mir Ihr Rezept verraten? Was muss ich tun, um so alt zu werden?«, fragt im Radio der Moderator seinen hundertjährigen Gesprächspartner. Bevor ich die Antwort hören kann, schließt Susanne die Tür.

Später lagern mich Susanne und Petra für die Nacht. Sie kennen jeden Griff, verständigen sich mit Blicken und sagen mir dabei, was sie tun. Bestimmt haben sie das so gelernt. »Jetzt legen wir Sie auf die Seite, dann mache ich Sie sauber.« Susanne öffnet mir die Windel, die sie »Inkontinenzeinlage« nennen. Meine Scham hat sich schon lange verflüchtigt. Ich gebe mich in ihre Hände und denke dabei an den Birnenschnaps meiner Mutter. Während mir Petra das Gesicht wäscht, kitzelt immer wieder eine Haarsträhne meine Nase. Ich kann ihr Shampoo riechen und fühle, wie das kühle Wasser auf Stirn und Wangen verdunstet. Manchmal wünschte ich, sie würden immer so weitermachen, während ich einfach daliege. Immer auf der Seite. Blick zum Wald. Einatmen. Ausatmen. Das Lid heben und senken. Und gut ist es.

Mir fallen die Augen zu und Hans kommt zu Besuch. Von der Decke schwebt er zu mir, kann auch sein, dass er durchs Fenster kam. Irgendwie findet er immer einen Weg. Das war schon früher so.

Er ist seit über 50 Jahren tot. Wir wollten zusammen reisen. Früher. Die Welt sehen. Abenteuer erleben. Raus aus dem Dorf und dann den anderen erzählen, was wir erlebt haben. Dann ist Hans allein los. Im Yosemite Nationalpark hat ihn eine Bärin getötet.

Morgens, beim Frühstück, ich hatte gerade Butter auf den Zopf geschmiert, draußen schien die Sonne und im Radio haben sie von einem erzählt, der mit 25 Jahren im Yosemite Park von einer Bärin im Schlaf erlegt wurde. Ich biss in den Zopf und irgendeiner erklärte das Wetter für die nächsten Tage. In dem Moment hatte ich nicht an Hans gedacht. Viele waren in den USA auf Reisen. Todesnachrichten im Radio waren alltäglich. Der Tod kroch jeden Morgen aus dem Äther.

Später auf der Arbeit, als ich unter dem Mähdrescher lag und versuchte, mit einem Schraubenschlüssel die Mutter von der Ölwanne zu lösen, schlug der Meister mit der flachen Hand gegen das Blech der Maschine. Dreimal. Unser Zeichen, dass ich unter der Maschine vorkommen sollte. Ich rollte auf meinem Werkstattrollbrett unter dem Mähdrescher hervor und schaute von unten an der langen Gestalt des Meisters hoch. Meine ölverschmierten Hände putzte ich an meiner Arbeitshose ab, die schon einige schwarze Flecken vom Öl hatte. Der Duft von Stahlspänen und Öl füllte die Landmaschinenwerkstatt aus. Der Meister zog an seiner Zigarette, ließ die Asche neben mich fallen, strich sich mit seiner Hand über die lange Stirn, schaute kurz über die Schulter und dann mich an: »Der im Radio heute Morgen, mit der Bärin, das war der Hans«. Er nahm nochmals einen Zug, blies drei Kringel in die Luft, drehte sich um und ging. Ich blieb regungslos auf meinem Brett liegen. Unter mir schwankte der Boden und der Mähdrescher schien mit seiner ganzen Wucht auf meiner Brust zu liegen.

Es hat einige Wochen gedauert, bis der Bestatter Hans' Überreste vom Flughafen ins Dorf gebracht hat. Er war der Einzige, der nicht offen aufgebahrt wurde. Hans war der erste, den wir gemeinsam zu Grabe ließen. Zum ersten Mal das raue Tau, das durch die Hände gleitet, gleichmäßig, nicht zu schnell, irgendwie sanft haben wir ihn da runtergelassen. Ein ewig tiefes Grab. Wir legten das Tau nieder, verbeugten uns, gingen ein paar Schritte abseits und hielten uns zu viert im Arm und weinten. Kurt. Peter. Gerhard. Ich. Wenn wir uns nicht gehalten hätten, hätte uns die Erde verschluckt. Wir waren haltlos. Es regnete und die Sonne schien, alles zur gleichen Zeit.

Seitdem kommt er mich regelmäßig besuchen. Seit ich krank bin, deutlich öfter. Er sieht aus wie an dem Tag, als er sich für die Reise verabschiedet hat. Hellblonde Haare, fast weiße Haut und immer gerötete Wangen und eine unbändige Lebensfreude in den Augen. Wenn er lächelt, bildet sich nur auf der linken Seite ein Grübchen. Ihm erzähle ich immer, was es Neues gibt im Dorf. Welcher Hof noch bewohnt, wer weggezogen ist, wo das Dach einfällt und das Efeu sich nach und nach aller Dinge bemächtigt. Wie der Milchpreis sich entwickelt. Wie viel Holz ich gespalten habe. Meistens hört er zu. Nickt. Lächelt.

»Schau mal, wen ich mitgebracht habe«, sagt Hans. Er steht oder schwebt vor dem Bett und breitet seine Arme aus. Unter seinem linken Arm erscheint meine Mutter, rechts mein Vater. Irgendwie körperlos und doch so, dass ich sie erkennen kann. Hans bleibt an meiner Seite, meine Mutter kommt ans Kopfende und legt ihre Hand auf meine Stirn. Ich kann die Arbeit fühlen, die durch ihre Hände gegangen ist und die sich in ihre Handflächen eingezeichnet hat. In mir breitet sich Geborgenheit aus und das Gefühl, als ob die Welt stehen bleiben würde. Manchmal denke ich, so muss sich Ewigkeit anfühlen. Reine Geborgenheit. Und alles steht still.

Mein Vater am Bettende. Seine breiten Hände auf dem Bettrand, ohne den kleinen Finger, den er sich mal abgesägt hat. »Wovor hast du Angst?«, fragt er. Bis jetzt war mir gar nicht klar, dass ich Angst habe. Aber die Frage meines Vaters löst alles in mir auf. Innerlich bricht alles weg, was mich hält. Es fließt. Alles. »Dass ich in der Finsternis verloren gehe oder den Weg nicht finde«, sage ich ihm und merke, wie mir eine Träne über die Wange läuft und ich meine Glieder nicht kontrollieren kann. Sie zittern. Die drei fassen sich an den Händen, drehen sich um mein Bett, erst langsam, dann so, als ob sie einem bestimmten Rhythmus folgen würden. Sie werfen den Kopf in den Nacken und lachen und wirbeln um mein Bett. Ekstatisch. Fröhlich. Mir kommt es so vor, als hebe der Sog ihres Tanzes das Bett vom Boden, und es beginnt sich mit ihnen zu drehen, zu schweben. Ich drehe mich im Bett mit und schwebe mit ihnen immer weiter nach oben. Es ist, als öffne sich das Zimmer nach oben. Aus ihrem herzlichen Lachen formen sich Worte, die nach und nach an mein Ohr dringen. Tatsächlich, sie singen wieder und wieder: »Wenn du kommst, sind wir da«, klatschen in die Hände, drehen sich, jeder um die eigene Achse, fassen sich wieder an den Händen.

Das grelle Licht der Decke und Petras Hand an meiner Schulter reißen mich aus dem Schlaf. »Geht's Ihnen gut?«, fragt Petra, sie blickt mir besorgt ins Gesicht. »Ich habe gedacht, Sie haben Schmerzen«, sie legt die Hand auf die Stirn, dann misst sie mir den Puls. »Sie haben Fieber«, sagt sie und zieht die Decke über meine Schulter, reicht mir den mittlerweile kalten Tee aus der Schnabeltasse. Sie gähnt, hält sich den Handrücken vor den Mund, mit der anderen Hand reibt sie sich die Augen. »Ich lass Sie wieder allein«, sagt sie, macht das Deckenlicht wieder aus. Ich höre, wie sie sich in der Küche auf das Sofa legt. Es knarzt, als sie sich auf die Seite dreht. Auch wenn ich ihn nicht sehen kann, das Licht des Mondes zeichnet alles weich. Von draußen dringt kein Geräusch an mein Ohr. Totenstill. In mir klingt das Lied von Hans und meinen Eltern nach. In einer tiefen Geborgenheit schlafe ich ein.

Wenn bei uns einer stirbt, wird der Sarg erst am Tag seiner Beerdigung geschlossen. Trompetenhans gibt das Signal zum Aufbruch. Wenn er sich in Bewegung setzt, setzen sich alle in Bewegung. Trompetenhans hat die Aufgabe von seinem Vater übernommen, der von seinem und der von seinem Vater. Trompetenhans kann so wenig Trompete spielen wie seine Vorväter. Er muss auch nur »Christ ist erstanden« auf die Reihe bekommen, und das kann er.

Vom Hof aus geht der Weg erst bergab an allen anderen Höfen vorbei. Die Kettenhunde werden kläffen oder gelangweilt in der Ecke liegen. Katzen einen Buckel machen oder erstarrt stehen bleiben. Vögel das Weite suchen. Wenn einer es nicht geschafft hat, seine Kühe rechtzeitig zu füttern, werden ihre Rufe den Zug begleiten und sich mit »Christ ist erstanden« vermischen. In der Luft unser Geruch. Gülle aufgelöst in einem ersten Hauch von Frühling. Am Ortsrand wird der Sarg zum ersten Mal abgesetzt. Trompetenhans macht eine Pause, lässt den Speichel aus dem Innersten seiner Trompete auf den Boden tropfen, macht ein paar Trockenübungen und betet wie alle anderen ein stummes Vaterunser. Dann geht es hoch zum Friedhof, der auf der anderen Seite liegt, meinem Hof direkt gegenüber, und in zwei langen Serpentinen erklommen werden muss. Ihn umgibt eine alte Mauer aus Bruchsteinen und nur an einer Stelle ist er durch ein schmales Tor zugänglich. Eine Öffnung, durch die der Sarg mit den Trägern gerade so durchpasst, mit einem niedrigen Torbogen, sodass alle sich leicht bücken müssen. Alle, bis auf den krummen Walter. Vermutlich waren die Menschen vor 300 Jahren kleiner, oder man wollte dafür sorgen, dass der Friedhof mit einer demütigen Haltung betreten wird. Zwischen den Steinen wohnen Eidechsen, die sich im Sommer auf der Mauer wärmen. Im Friedhof selbst stehen vereinzelt Steine unserer Vorfahren. Frische Maulwurfshügel sind zu sehen, saftiges Grün und nur selten ein neues Grab. Mehr als einer stirbt bei uns nicht im Jahr. Außer in den Kriegsjahren.

Der Krieg hat das Dorf an den Rand seiner Existenz gebracht. In jedem Haus starb mindestens ein männliches Familienmitglied. Als Soldat gefallen. Nur bei den Stolls sind alle wiedergekommen. Zwei Söhne und der Vater im Krieg und alle sind wieder unversehrt zurückgekehrt. Das Oberhaupt Paul Stoll zwar erst nach neun Jahren Gefangenschaft, aber immerhin. Wenn wenigstens einer gestorben wäre, dann wäre das Ganze im Gleichgewicht gewesen. Wenigstens ein Verlust pro Haus und alle kommen damit klar. Ein halbes Jahr nach seiner Heimkehr schnitt einer seiner Söhne Paul Stoll vom Balken in der Scheune. »Zum Glück hat der Paul es selbst gemacht«, sagte mein Vater beim Abendessen und biss langsam von seinem Brot ab: »Es muss schon seine Ordnung haben.« Damit war alles gesagt. Durch seinen Tod waren die Dinge wieder im Lot. Einen Tag später blühten im Vorgarten der Stolls die Narzissen und Paul Stoll lag im Hof an einer überdachten Stelle aufgebahrt. Alle kamen, sprachen der Familie ihr Beileid aus und waren sichtlich erleichtert.

Nach der Ansprache des Pfarrers wird der Sarg versenkt und Trompetenhans spielt zum letzten Mal »Christ ist erstanden«. Das Versenken ist keine leichte Aufgabe. Zum einen, weil schon gut zwei Kilometer Weg hinter den Trägern liegen, zum anderen weil es gleichmäßig gehen muss. Erst steht der Sarg auf zwei quer übers Grab gelegten Holzbalken, die Trompetenhans wegnehmen muss, sobald die anderen vier den Sarg anheben. Dann müssen alle das Tau gleichmäßig durch die Hände gleiten lassen. Langsam. Nicht zu schnell, mit wachem Blick, ob es an Kopf- und Fußende alles passt. Sonst verkeilt der Sarg.

»So, jetzt haben Sie es gleich geschafft«, sagt Petra, während sie meinen Körper mit ätherischen Ölen einreibt. Der Duft verbreitet sich im ganzen Raum. Der Tod riecht gut. »Susanne geht, ich bleibe heute da«, sagt sie, deutet mit dem Kopf Richtung Küche und hält dabei meine Hand. Blaue, klare Augen hat sie. »Auf der A6 ist die Fahrbahn nach wie vor gesperrt«, kommt aus dem Radio. Einer stirbt. Ein anderer steht im Stau. Eine klebt ein Morphiumpflaster auf einen Rücken. Die Nacht nimmt dem Tag das Licht. Langsam. Nach und nach deckt die Dunkelheit alles zu. Die gedimmte Stehlampe im Eck reicht zur Orientierung. So wie ich jetzt gelagert bin, sehe ich die halboffene Tür zur Küche und das Büffet.

Mein Blick fällt auf die eingerahmten Fotos auf dem Büffet. Drei stehen da, mehr sind es nicht. Meine Eltern. Meine Großeltern. Hans und ich als Kinder. Auf allen dieselbe zarte Staubschicht.

Mit dem Licht geht die Wärme. Nicht gleich. Aber nach und nach. Ich höre meinen Atem. Ich höre, wie sich Susanne verabschiedet. Die Haustür geht auf und wieder zu. Eine Autotür, die Zündung des Motors. Auf dem Boden sehe ich eine Ameise, die in einer Ritze zwischen den Holzdielen verschwindet.

Wenn bei uns einer stirbt, verschwinden die Dinge in den Ritzen.

DER LACHENDE TOD

Einmal klopfte der Tod an meine Tür. Er kam reichlich ungelegen.

Ich saß gerade am Tisch, Zeitung lesend und – ich gestehe – ich trank ein Glas Wein, allein. Roten Wein. Ich las gerade einen Artikel unter der Überschrift »Heimliches Heil«. Da klopfte es wieder.

Nur ungern ging ich zu Tür und öffnete dem Tod. Eine kalte Brise zog durch den geöffneten Türspalt und ließ mich frösteln.

Der Tod streckte mir seine kalte und knochige Hand entgegen: »Komm mit. Jetzt geht die Party erst richtig los.«

Eigentlich hatte ich keine Lust auf Party. Mir war nach Ruhe. Der Wein, die Zeitung waren mir Party genug. Ich wollte nicht mit dem Tod gehen.

Ich hatte auch keine Angst im Angesicht des Todes. Als guter Christ fielen mir gleich die richtigen Sprüche ein. »Fürchte dich nicht, ich habe dich erlöst, du bist mein. Herr, lehre uns bedenken, dass wir sterben werden, auf dass wir klug werden. Tod, wo ist dein Sieg? Tod, wo ist dein Stachel?«

Also entschied ich mich dafür, den Tod ins Leben zu holen. »Komm rein, jetzt trinken wir erstmal ein Glas Wein. Das wird dein Herz erwärmen.«

Erstaunlicherweise ließ sich der Tod nicht lange bitten. Seine Gestalt macht einen erbärmlichen Eindruck. Etwas hölzern bewegte er sich zum Tisch, lehnte seine Sense an einen Stuhl und setzte sich mir gegenüber. Hungrig und durstig sah er aus – er hatte tatsächlich nichts auf den Rippen.

»Leider habe ich nur noch ein Stück Brot«, gestand ich verlegen. »Aber ich teile es gerne mit dir.«

Schweigend aßen wir das Brot.

Danach stand ich auf, holte ein Glas aus dem Schrank, zeigte ihm das Etikett der Flasche. Sein kahler Schädel nickte anerkennend. Also goss ich ihm einen ordentlichen Schluck ein.

»Trink Väterchen, trink …«

Er hob das Glas, führte es zu seiner Nase, lächelte und sagte: »Prost. Auf das Leben im Angesicht des Todes.«

»Ja«, sagte ich, »heute genießen wir bis zum letzten Schluck. Jetzt erst recht. Zum Wohl.«

Ich spürte den feinen Geschmack des Weins auf meiner Zunge. Der kleine Schluck breitete sich im ganzen Körper aus und mit ihm eine wohlige Wärme.

Der Tod blickte mit leeren Augen in sein Glas Wein.

War das jetzt das Ende?

Wohin führt der Abend?

Zum Leben?

Zum Gericht?

»Mir fehlt Leben«, sagte der Tod traurig. Was er sagte, war offensichtlich.

Ich roch an meinem Glas Wein, schwenkte ihn, sah, wie er feine Schlieren zog und ließ seinen Duft in meine Nase steigen.

»Soll ich dir ein Geheimnis verraten?«, fragte ich den Tod.

Er nickte neugierig.

»Im Tod ist Leben.«

Da lachte der Tod von ganzem Herzen. Verließ mein Haus und ward nimmermehr gesehen.

DAS ERBSTÜCK

»Ich bin in einer ernsten Gegend aufgewachsen«, sagt Emma Rosenberg, greift mit beiden Händen nach ihrem Glas Wasser und nippt daran.

»Unglaublich, wie gut Wasser schmeckt.« Sie stellt das Glas mit einem Lächeln auf den Tisch. Im Nachbargarten sägt jemand Holz und es riecht noch nach Gewitterregen, der vor einer Stunde die Hitze unterbrochen hat. Emma Rosenberg hat mich, Ramona, eines ihrer vier Patenkinder, zu sich eingeladen.

»Bevor ich sterbe, musst du wissen, wer ich bin«, hat sie mir vor ein paar Tagen am Telefon gesagt und aufgelegt.

Sie ist die Cousine meines Vaters. Weitläufige Verwandtschaft. Und etwas Besseres. Sie und ihre verstorbene Schwester Clara haben die Verwandtschaft nicht sehr gepflegt. Sie haben studiert. Architektur. Ein eigenes Büro zu zweit geleitet und bis zu ihrem 85. Geburtstag ist Emma Rosenberg täglich im Büro gewesen. Sie hat sich informieren lassen, skeptisch über Pläne geschaut und da und dort den Bleistift angesetzt. Ihren Schlüssel zum Büro hat sie am Abend des 85. Geburtstag ihrem Nachfolger in die Hand gedrückt, »Sie wissen, wo Sie mich finden«, und seitdem das Büro nicht mehr betreten.

Vor wenigen Wochen ist ihre Schwester mit knapp neunzig Jahren verstorben. Bei der Beerdigung in einer Wallfahrtskapelle war die ganze Verwandtschaft und der Geldadel aus ihrer Stadt anwesend. Ich weiß noch, wie ich mich amüsiert habe über die Größe der Hüte mancher Frauen. Das hat mich an Bilder von englischen Rennbahnen erinnert. Der Priester hatte eine näselnde Stimme und würdigte das Leben und die Arbeit von Anna Rosenberg, die nicht nur Häuser gebaut, sondern auch wissenschaftlich gearbeitet hatte. Ihre letzte Arbeit konnte sie nicht beenden. »Aber bleibt nicht in einem jeden Leben etwas unvollendet?«, fragte er in die Runde. Und ich blickte in mein Leben und sah mehr Unvollendetes als Abgeschlossenes. Ich schweifte während der Predigt ab, um über das eigene Sterben nachzudenken. Könnte ich gehen? Einfach so. Könnte ich alle und alles zurücklassen und nicht mehr die Hand von Paula in meiner spüren oder Jasons glucksendes Lachen hören – könnte ich darauf verzichten? Es gab mal eine Zeit im Leben, da hätte ich einfach gehen können. Aber jetzt wollte ich noch mehr erleben. Neue Weichen stellen. »Der Tod fragt dich: Was willst du noch vom Leben?«, hörte ich den Priester fragen und spürte, wie sich der Satz in meine Seele fräste. Will ich noch etwas vom Leben?

Tante Emma wohnt jetzt allein in dem Haus, das sie und ihre Schwester nach ihren Plänen vom vernünftigen Wohnen gebaut haben. Halbhöhenlage. Blick übers Tal, mitten in einem alten Baumbestand, den sie erhalten haben. Sie ist selbst mittlerweile vierundneunzig Jahre alt. Kinderlos. Partnerlos. Wie ihre Schwester auch. »Kümmert euch um Emma und Anna, dann habt ihr ausgesorgt«, hat mein Vater mir und meiner Schwester mit auf den Weg gegeben.

Auch jetzt liegt ein Bleistift mit Härtegrad 2B auf der mit Blumenblüten verzierten Tischdecke. Eine Karaffe mit Leitungswasser steht auf dem Tisch neben einer Schale Nussecken.

»Hab ich gestern selbst gebacken. Weißt du, wie teuer alles geworden ist?«

Emma Rosenberg reicht mir die Schale. Ihre linke Hand hält dabei ihr rechtes Handgelenk und trotzdem wackelt die Schale ein wenig.

»Ist ja alles so teuer geworden seit dem Krieg in der Ukraine. Schau nicht so genau. Ich zittere eben. Der letzte Sturz war einer zu viel.« Über ihrer Augenbraue ist noch die Naht zu sehen, die Haut gelbviolett verfärbt und der rechte Arm vom Ellbogen bis zum Handgelenk ein einziger Bluterguss.

Ich nehme einen Keks, spüre, wie der Zucker sich auf meine Zähne legt und spüle mit einem Glas Wasser nach.

»Vielen Dank für die Einladung. Was willst du, dass ich erledige?« Ich lege meine Hand auf ihre und spüre die Adern an meiner Handfläche. Adern. Haut. Knochen. Mehr ist da nicht mehr.

»Anna ist tot, meine Kraft schwindet. Hör mir einfach zu.« Emma Rosenberg legt ihre Hand auf meine, lächelt und ich spüre, wie sie meine Hand drückt.

Ich hatte keine Lust auf das Gespräch. Was ich will ich noch vom Leben?

Die Frage des Priesters hallt in mir nach. Mittlerweile bin ich selbst Ende sechzig. Seit vier Jahren im Ruhestand. Eingespannt in der Betreuung meiner vier Enkelkinder. Mal drei Tage in Worms, mal eine Woche in München, dann wieder daheim bei Peter, der mir sagt, wie schön es sei, dass ich auch mal wieder da bin. Vor einer Woche hat er sich von mir getrennt. Nach zweiunddreißig Jahren Ehe. Nach zweiundreißig Jahren gemeinsamen Abendessen, Urlauben, Auseinandersetzungen. Nach zweiunddreißig Jahren gemeinsamen Suchens, wie wir zwei zusammenleben können. Ich hatte geglaubt, wir sind auf dem Weg. Jetzt verlässt er einfach den Weg. Zwei Kinder, ein Haus.

»Wenn, dann jetzt«, hat er gesagt, sich mit der Hand über die hohe Stirn gestrichen, versucht zu lächeln und seinen Koffer ins Auto gewuchtet.

Eine Wespe beißt in die Nussecke. Sie lässt nicht locker, bis sie ein Stück zwischen den Beinen hält, beim Losfliegen schwankt sie wie ein Flugzeug, das eine Böe beim Landen von der Seite trifft. Was weiß ich von Tante Emma? Meidet jedes Familienfest. Redet nur das Nötigste. Hat Geld ohne Ende. Auf ihrem Grabstein sollte stehen: »Arbeit war ihr Leben.« Und auf meinem? Was wollte ich bis jetzt vom Leben? Glücklichsein. Zusammensein. Etwas weitergeben. Arbeit war mir wichtig, aber ganz bestimmt nicht mein Leben.

»Okay, Tante Emma, ich bin da und höre zu.« Meine Augen wandern vom Tisch über das Terrassengeländer, am Kirschbaum vorbei über die Stadt. Viel Grün an den Hängen trotz des heißen Sommers. Kindergeschrei dringt vom Spielplatz unten im Tal nach oben. Gedämpft, ohne zu nerven. Ein Flugzeug spiegelt die Sonne am grenzenlosen Himmel. Irgendwo brüllt jemand in einer fremden Sprache und eine Tür wird zugeschlagen.

»Dort, wo ich groß geworden bin, war alles grau und schwarz. Tiefe Täler, in die die Sonne keinen Blick geworfen hat. Die Dächer mit Schiefer gedeckt. Da ist es nie hell geworden.« Sie greift wieder mit beiden Händen zum Wasser. »Unglaublich, wie gut Wasser ist.« Ihre Augen strahlen, fast meine ich, Tränen in ihnen zu sehen.

»Mein Vater ist von einem dort erschossen worden. Der war depressiv, was viele in der ernsten Gegend waren. Meine Mutter stand allein mit Anna und mir da, gerade als Hitler in Polen einmarschiert ist.«

Ich hasse die alten Geschichten. Kriegsgeschichten. Mein Vater hat sie so lange erzählt, bis ihm keiner mehr zugehört hat. Peter ist aktiver Kriegsverweigerer. Bei unseren Kindern hat das schon keine Rolle mehr gespielt. Peter hat sich gegen die Wiederaufrüstung gewehrt, gegen Pershing-II-Raketen demonstriert und sich in Mutlangen wegtragen lassen. Wenn die Rede auf den Krieg kam, hat er die ganze Elterngeneration als Nazis beschimpft. Ich spüre, wie sich ein Gähnen durch meinen Körper bahnt, unterdrücke es und versuche aufmunternd zu lächeln.

»Meine Mutter hat mit den Nazis nichts zu tun gehabt. Was alles nicht einfacher gemacht hat. Wenn sie aus dem Haus ist, hat sie immer zwei Einkaufstaschen mitgenommen. Jede in einer Hand, da war es schwer, den Hitlergruß zu machen.« Sie strahlt mit einem Funkeln in den Augen.

»Unsere Großmutter hat uns zu sich geholt, hier her. ›Ihr müsst weg aus den dunklen Tälern, sonst wird das nichts mit den Kindern‹, soll sie zu unserer Mutter gesagt haben. Zurück ins Elternhaus mit zwei kleinen Kindern. Im Haus lebte noch die ledige Schwester meines Opas und dessen Mutter, dazu die Familie des Bruders meiner Mutter mit seiner Frau. Die Brüder selbst waren im Krieg. Wir hatten eine Kammer, ein Bett. Im Winter lag morgens leichter Frost auf der Bettdecke und der Nachttopf war gefroren.«

»Wo habt ihr denn gewohnt?« Ich frage das, weil ich meinen Blick über die Stadt wandern lasse und nur große Einfamilienhäuser sehe.

»In der Hausener Gasse. Da waren vor dem Krieg schmale Häuser mit Landwirtschaft. Wir hatten im Krieg keine Not. Immer zu essen. Nur Platz hatten wir keinen. Der wurde noch weniger, als die großen Städte ausgebombt wurden und Verwandtschaft und Fremde zu uns aufs Land kamen. Wir waren damals Land. Kannst du dir vielleicht nicht mehr vorstellen.«

Wenn ich nachher heimkomme, habe ich Platz ohne Ende. Peter weg, die Kinder ausgezogen. Was mir bleibt, sind die Segnungen von Netflix und aller anderer Streamingdienste.

»Zeitweilig waren wir 12 Personen in dem Haus. Was das für eine Arbeit war. Da musste gekocht und gewaschen werden. Von Hand. Waschtag. Nur Frauen, Kinder und alte Männer. Alle anderen waren im Krieg. Jeder Tag, an dem der Briefträger am Haus vorbeiging, war ein guter Tag. Keiner der Brüder meiner Mutter war gefallen. Ich habe oft gesehen, wie der Briefträger in der Nachbarschaft einen Brief aus seiner Tasche geholt, der Frau in die Hand gedrückt, und sie stumm geweint hat.«

Emma Rosenberg greift nach ihrem Wasserglas. Sie zittert etwas mehr als vorher und ihr Blick geht in die Ferne.

»Wenn ich den Fernseher anmache, die Nachrichten sehe, die Angriffe in der Ukraine. Dann ist alles wieder da.« Sie schaut mich hilfesuchend an, wie ein Reh, das Schutz sucht.

»Der Krieg war so lange zu ertragen, bis die Russen kamen. Selbst beim Fliegerangriff in den Keller zu gehen, mit der Nachbarschaft, war nicht so furchtbar. Wir hatten Angst. Aber wir haben auch gesungen. Getanzt. Emma hat zum ersten Mal da unten geküsst. Den langen Heinrich aus der Nachbarschaft. Das hätte was werden können. Aber mit den Russen war nichts mehr gut. In einer Nacht haben die uns alle kaputt gemacht.«

Ihr Augenlid zittert, sie sucht nach einem Taschentuch, putzt sich die Nase und schiebt ihre Brille hoch auf die Stirn. In der Nachbarschaft startet die Motorsense und aus irgendeinem Radio plätschert Volksmusik.

Peter und ich waren gerne tanzen. Wild und unkoordiniert. Wir waren bei allen, die in unserer Jugend in waren. Stones. Beatles. The Who. Wir sind mit ihnen alt geworden. Wenn wir tanzten, wurden wir schwerelos. Wenn Peter sich abends ein Glas Rotwein einschenkte und an seine Plattensammlung ging, eines der Alben herauszog, mit den Fingern über das Cover strich und lächelte, waren wir wieder jung. Es vergeht kein Jahr, in dem nicht einer unserer Helden stirbt. Musiker. Schauspieler. Da begleiten die dich ein Leben lang. Was will ich noch vom Leben?

»Hast du das Interview neulich im Fernseher gesehen? Von dem Bierkönig, der so alt ist wie ich?«

»Nein.«

»Der hat auch wieder Angst. Angst, dass erst die Ukraine brennt und dann der Rest.«

Ein Nachbar öffnet die Gartentür, schwingt die Zeitung wie eine Trophäe über seinem Kopf. »Hier Emma, die Zeitung von heute, ich will nicht länger stören.« Er legt die Zeitung auf den Tisch, winkt zum Abschied. Ich sehe, dass er ein wenig hinkt.

»Wir teilen uns das Zeitungsabo. Ist billiger für uns beide. Weißt du, was das Abo kostet? Ist doch nur Papier mit Druckerschwärze«, sagt sie und streicht mit ihrer Hand die Zeitung glatt.

Sie greift nach dem Bleistift, hält ihn zwischen Daumen und Zeigefinger. »Ich habe unzählige Pläne gezeichnet, manchmal radiert, korrigiert und alles war ganz neu, anders. Im Leben geht das nicht. Was passiert ist, ist passiert. Aber bevor ich sterbe, will ich dir was geben.« Sie blickt mir ernst in die Augen und versucht ein Lächeln. Mit beiden Händen stützt sie sich an der Tischkante auf, wartet, bis sie gerade steht und Halt hat und dreht sich zur Kommode um. Mit beiden Händen rüttelt sie an der obersten Schublade, die sie mit ihrer ganzen Kraft aufzieht.

Sie holt unter einem Papierstapel eine Schmuckschatulle hervor und legt sie auf den Tisch, versucht den Verschluss zu öffnen, aber schiebt die Schatulle schließlich zu mir. »Mach das blöde Ding mal auf.«

Ich öffne die Schatulle und meine Augen sehen eine Brosche mit irgendeinem Wappen.

»Meine Mutter war eine Adelige, verarmt, aber adelig. Das einzige, was geblieben ist, ist die Brosche, die sie mir gegeben hat. Mit dem Wunsch, sie an meine Tochter weiterzugeben. Da ich keine Kinder habe, gebe ich sie dir. Und du gibst sie rechtzeitig weiter. Es kommt im Leben nicht immer so, wie man will. Ich hätte gern Kinder gehabt und auch einen Mann. Aber uns haben die Russen kaputtgemacht. Clara und ich haben nur noch uns ertragen. Sonst war es vorbei mit aller Nähe. Uns blieb nur das Vorangehen und das Nichtaufgeben. Das will ich von dir auch. Und daran soll dich die Brosche erinnern.«

Mit dem Finger streichle ich über die Gravur. Sie lässt sich tief spüren.

Was will ich noch vom Leben?

MAHLZEIT

Mit seinen von Gicht verbogenen Fingern versucht er, die Alufolie vom Fleischkäsebrötchen zu wickeln. Der Schädel kahl, da und dort wächst ein einzelnes wildes Haar und Altersflecken haben sich wie kleine braune Seen auf der Glatze ausgebreitet. Draußen weht ein lauer Frühlingswind. Die Forsythien wiegen leicht im Wind, der Apfelbaum hat gut angesetzt und wenn es nicht mehr gefriert, müsste es auch mit den Kirschen etwas werden.

Seine Fingernägel sind lang und unter manchem hat sich der Dreck gesammelt. Seine Frau hat ihn mit dem Rollstuhl an den Tisch geschoben, die fleckige Decke auf den Knien, darunter die blaue Jogginghose, die er schon seit Wochen trägt. Mit Daumen und Zeigefinger der rechten Hand greift er nach dem Ende der Alufolie, mit der linken hält er das eingewickelte Brötchen fest. Versucht es. Es rutscht ihm immer wieder aus seinen Fingern und aus dem bereits geöffneten kleinen Spalt dampft es. Rötliche Brühe mit kleinen Fettaugen tropft auf den Tisch. Mit dem Finger fährt er durch die kleine Pfütze, die auf der ausgeblichenen Plastiktischdecke nicht versickern kann, und leckt den Tropfen mit einem Schmatzen ab. Der Geschmack setzt neue Kräfte frei. Er gibt nicht auf und startet Versuch um Versuch. Er wird doch wohl noch in der Lage sein, so ein Brötchen von der Verpackung zu befreien. Wie immer, wenn er sich konzentriert, hängt das erste Drittel seiner Zunge zwischen den Schneidezähnen aus dem Mund und er atmet laut.

An der Wand hängen mit Wasserfarben gemalte Bilder der Enkel. Einen Drachen oder Saurier kann er erkennen. Grün ist der und aus dem Mund schießt eine gelbe Flamme. Mittlerweile hat er acht Enkel und auch schon drei Urenkel. Neulich war eine Enkelin mit ihrem Kind zu Besuch. Der Kleine ganz in weiß mit einem Mützchen auf dem Kopf, das seine Kinder auch schon getragen haben. »Ich will ihn nur ansehen, weil halten kann ich ihn nicht mehr«, hat er gesagt, und gesehen, wie das Baby gelächelt, wie es mit seinen Händen gespielt hat. Stundenlang hätte er ihm zuschauen können. Unvorstellbar, dass er selbst mal ein Baby war. Aber das waren anderen Zeiten.

Auf seinen Befehl hin hat seine Frau ihm das Brötchen besorgt. Durch die Folie spürt er die Wärme des Fleischkäses und ein wenig breitet sich der Duft in der Küche aus, vermischt sich mit dem Kaffee und dem Müllgeruch, der aus den Mülleimern unter der Spüle steigt. Ab und zu lässt die Kaffeemaschine lautstark Dampf ab und ein Tropfen Wasser fällt in die Spüle, das Holz knistert im Ofen und im Herd, angefacht durch den Wind, der durch den Kamin in die Glut atmet. Ein paar Scheite haben sie noch, aber es geht ja schon ins Frühjahr. Einen weiteren Winter wird es für ihn nicht geben.

Die Fenster sind beschlagen und doch ist der Blick auf die gelben Narzissen und Anemonen und frischen Maulwurfshügel frei, die auf der ehemaligen Weide gleich hinter dem Haus blühen und dem Wind und Regen standhalten. Seine Frau kauert im Eck auf dem Sofa, dessen Ecken abgewetzt sind, wie die Hosenbeine seiner Frau. Sie hat ein zahnloses Gesicht und ihre Haare unter einem Kopftuch versteckt. »Früher habe ich die Schweine und Rinder im Stall versorgt, heute versorg ich dich«, hat sie ihm noch zugerufen, bevor sie sich mit ihren ausgetretenen Halbschuhen, aus denen ihre Ferse bei jedem Schritt herausrutscht, mit dem Regenschirm in der Hand zum Metzger aufmachte. Er konnte kein Lächeln in ihren Augen erkennen.

Mit Essen versorgen, Trinken bereitstellen, warm halten, so wie früher beim Vieh, macht sie es jetzt bei ihm. Morgens wäscht sie ihn und abends bringt sie ihn ins Bett. Mehr hat sie nicht mehr im Leben, zu mehr auch keine Kraft mehr. Sie sind beide im neunten Lebensjahrzehnt angekommen und »zusammengeschafft«, wie es so schön heißt. Seine Hände zu nichts mehr zu gebrauchen, seine Beine tragen ihn nicht mehr, die Urinflasche hat er immer auf der einen Seite des Rollstuhls und für den Rest braucht er ihre Hilfe. Jemand anders kommt ihm nicht ins Haus. Wenn sie mal nicht mehr wiederkommt, macht er dem allen ein Ende.

In ihrer Abwesenheit hat er auf die leere Weide geblickt, die Zaunpfosten eingefallen, der Draht verrostet, und hat die drei Kühe gesehen, die sie früher im Stall hatten. Drei Kühe, vier Schweine, ein paar Hühner, dazu die Felder und Obstwiesen, das hat gereicht, um die Familie zu ernähren. Die kleine Landwirt-schaft seiner Eltern hat er übernommen, sie ausgebaut und nach und nach Fläche dazugekauft. Streuobstwiesen, reine Futter-wiesen und auch den einen oder anderen Acker. Alles am Hang. Heute wertloses Land. Der ganze Schweiß, die ganze Kraft, für nichts. Im Rückblick weiß man immer mehr. Zum Glück war er noch als Hausmetzger unterwegs und hat beim Straßenbau geholfen. Hat Schweine und Rinder geschlachtet, sie ausgebeint und zerlegt, durch den Fleischwolf getrieben, die beste Bratwurst im Umkreis gemacht und am Abend zur Bezahlung auch immer Dosenwurst und frische Bratwürste mit nach Hause gebracht. Sieben Kinder hat er mit seiner Frau gezeugt. Im Stall. Auf dem Feld. Im Bett. Mit der Zeit wurde sie stiller.

Wieder greift seine Linke nach dem Brötchen und Daumen und Zeigefinger der Rechten versuchen die Alufolie zu greifen. Nach und nach kann er die Folie einen halben Zentimeter breit abwickeln, auf der ganzen Länge. Beim Versuch umzugreifen fällt es an der Urinflasche vorbei auf den Boden und bleibt auf ein paar ausgelegten alten Zeitungen liegen. Ihm fällt kein Fluch mehr ein. Mittlerweile hat sich der Sturm verzogen, eine Nach-barin schiebt ihr Kind im Kinderwagen durch die ersten Strahlen der Sonne. Der Regen steigt als Dampf wieder auf.

»Warum verlässt du ihn nicht?«, hat er einmal seine älteste Tochter an einem Sonntagmorgen der Mutter gegenüber fragen hören. Sie war das einzige Kind, das noch ins Haus kam. Er wach-te gerade auf, die Zunge pelzig, der Gaumen trocken, die Augen-lider schwer und der Blick verklebt. In seinem blutverschmier-ten Hemd und mit der blauweiß kleinkarierten Metzgershose hatte er geschlafen. Der Schnaps des Bauern musste ihn wohl abgeschossen haben. Mit der Hand fuhr er sich über den Kopf und hatte noch den Schlachtgeruch am Leib. Was nach seiner Rückkehr geschehen war, wusste er nicht mehr. Wahrscheinlich war alles wie immer. Das Bett neben ihm war leer, auf dem Nacht-tisch lag eine einzelne Haarnadel. »Er ist meine Aufgabe« hat er seine Frau sagen hören. »Wenn ich ihn nicht versorge, geht er zugrunde.«

Bald darauf hörte er, wie die Tür ins Schloss fiel und das Auto der Tochter startete. »Gut so, dass du bleibst«, rief er aus dem Schlafzimmer mit aller Kraft, so dass seine Frau es hören muss-te. Als er die Augen schloss, stiegen die Bilder des vergangenen

Tages in ihm auf. Es war das schönste Schlachtfest, dass er je erlebt hatte, was auch an der Magd lag, die ihm gut zur Hand ging.

Wenn geschlachtet wurde, war das ein Fest. Schlachtfest. Alles musste Hand in Hand gehen, so wie er es sagte. Die Alten wuschen die Därme, einer rührte das Blut, der Bauer half ihm beim Zerlegen und Wursteln. Die Frauen kochten das Fleisch im Kessel und verteilten die Kesselbrühe im ganzen Dorf mit ihren blechernen Milchkannen. Seine Kesselbrühe war begehrt, weil er sauber arbeitete. Wenn geschlachtet wird, wird geteilt. In jeder Pause holte der Bauer den selbstgebrannten Birnenschnaps und schenkte ein und am Abend war die Flasche Schnaps leer. Er draußen am Schlachten und sie zuhause beim Vieh, im Haus und bei den sieben Kindern. Aus ihrem Haus war das Leben schon gewichen.

Durch das gekippte Fenster kann er das Brummen der Bienen im Kirschbaum hören. Sie fliegen hin und her, von einer Blüte zu anderen. Jedes Jahr erwacht die Natur von neuem. Jedes Jahr. Egal wie der Winter war. Egal wie lange er ging. Irgendwann wird es wieder grün und weiß und gelb. Irgendwann hängt der Apfel am Baum und er kann ihn in die Hand nehmen, mit seinem Messer halbieren, die Kerne prüfen und sich ein Stück in den Mund schieben. Süß und sauer und saftig.

Er hat Hunger und will das Brötchen essen. Er versucht die Bremsen zu lösen, die seine Frau festgestellt hatte, als sie ihn an den Tisch geschoben hatte. Doch seinen Fingern fehlt die Kraft. Er wackelt mit dem Hintern hin und her und erreicht tatsächlich, dass der Stuhl auf die richtige Seite kippt, er will sich noch am Tisch halten, doch der Tisch hält seinem Gewicht nicht stand und fliegt mit auf die Seite. Sein Schädel schlägt dumpf auf dem Boden auf und als er die Augen öffnet, liegt das Brötchen direkt vor seiner Nase. Sein Schädel brummt und er sieht, dass Blut aus seinem Kopf fließt, er hat den metallenen Geschmack auch im Mund, er erinnert ihn an Blutwurst. Mit aller Kraft greift er mit der Linken zum Brötchen, zieht es zu sich heran.

Nach und nach legt er das Fleischkäsebrötchen frei, es dampft noch und er schließt die Augen. »Du hast den Senf vergessen«, will er gerade zu seiner Frau sagen, als er verstirbt. Es ist, als ob die Bienen verstummen. Alles wird still. Nur der Himmel reißt auf.

BRIEFE

Mit einem Ruck öffnet sie die Schublade an ihrem Sekretär und holt unter der Dokumentenmappe eine metallene, flache Dose hervor. Mit der rechten Hand fährt sie über den Deckel und hinterlässt eine Spur im Staub. Sie stellt die Dose auf die Ablage an ihrem Rollator, greift mit ihren Händen um die Griffe des Rollators und setzt sich über Parkett und Teppich in Bewegung, hin zu ihrem Sessel. Sie parkt ihren »AOK-Porsche«, wie ihre Enkel den Rollator nennen, vor dem Sessel und lässt sich mit einem leisen Stöhnen von den Polstern auffangen. Sie benutzt den Rollator nur im Haus, draußen geht sie am Stock. Was sollen sonst die Leute denken? Vom Sessel aus hat sie einen Blick über den Garten und kann den Vögeln zuschauen, wie sie sich um das Futter im Vogelhäuschen balgen. Oft sitzt sie stundenlang da. Die Wolken ziehen vorbei, mal scheint die Sonne, dann hinterlässt der Regen kleine Bäche auf den Fensterscheiben, oder die Kiefern beugen sich im Wind. Sie sitzt da und schaut. Nach der Sonne. Dem Regen. Dem Wind und den Vögeln.

Manchmal sieht sie ihren Vater, wie er im Garten arbeitet. Sie weiß, dass er verstorben ist. Aber sie sieht ihn trotzdem und sich selbst sieht sie auch. Sie hilft ihm, wie immer am Abend, wenn er aus der Firma nachhause kommt. »Komm, wir gehen Schnecken jagen!« Dann nimmt er sie an der Hand und sie gehen durch die Stadt. Er grüßt den Bäcker, der hinter seiner Backstube eine Zigarette raucht und winkt Tante Erika zu, die am Bach gleich neben der Bahnlinie wohnt. Sie gehen den Bach entlang, in den Sommertagen darf sie ihre Schuhe ausziehen und im Bach laufen, auf glitschigen Steinen und immer bemüht, den Brennnesseln auszuweichen, die am Rand wachsen. Im Garten angekommen, schließt ihr Vater das Gartenhäuschen auf, steckt sich eine Zigarette an und reicht ihr die Hacke. »Du kümmerst dich um die Kartoffeln und ich mähe das Gras.« Er steht da, nimmt den Schleifstein aus seiner Hose und fährt die Sense entlang. Sie kann das frisch gemähte Gras riechen und das Geräusch des

Schleifsteins auf der Sense hören. Später hat sie verstanden, dass das sein Ausgleich war. Er hat die Firma von seinem Vater übernommen und sie von ihrem. Von ihren Töchtern wollte keine die Firma und von den Enkeln auch nicht. Also haben ihr Mann und sie die Firma verkauft und sich ihr Haus gebaut und das zweite Haus am Lago Maggiore, ein wenig am Hang, mit Blick über den See und mit dem Duft der Pizzeria zwei Straßen unter dem Haus. Ihr Vater hat das nicht mehr erlebt. Aber ihr Mann und sie haben dort schöne Zeiten verbracht. »Lass uns an Lago fahren«, hat er oft zu ihr gesagt. Sie hat die Sachen gepackt, er das Auto geputzt und wie früher zu Geschäftsessen haben sie im Auto nebeneinander gesessen. So lange, wie es ging, sind sie zum Lago gefahren.

Heute sieht sie ihren Vater nicht. Nur die Vögel sind da. Sie freut sich an der Abwechslung und lächelt, ja lacht. Ein Spatz hat sich getraut und frisst schnell und gierig alleine. Fast hat sie die Dose in ihrem Schoß vergessen. Die Dose steht auf ihrem in Brauntönen karierten Rock, ihre Hände suchen nach der Kante, um den Deckel abzuziehen. Auch wenn sie schon seit dreißig Jahren nicht mehr in ihre Firma geht, steht sie jeden Morgen auf und zieht sich so an, als ob. Rock und Bluse, Strumpfhose und mittlerweile Gesundheitsschuhe mit Klettverschluss, Lippenstift und Nagellack in einer Farbe und heute die Perlenkette, dazu den einen Brillantring, den ihr ihr Mann zur Goldenen Hochzeit geschenkt hat. Am rechten Ringfinger trägt sie Tag und Nacht den »doppelten Ehering« und während sie den Vögeln zuschaut, dreht sie ihn immer hin und her. Als ihr Mann im Hausflur im Sarg aufgebahrt war, nachdem sie ihm seinen Lieblingsanzug angezogen hatte, hat sie ihm von dem knochigen Finger seinen Ehering abgezogen und der Juwelier hat für eine stolze Summe ihre beiden Ringe zu einem gemacht. Ihre Haare trägt sie kurz und blondiert. Sieben Jahre lebt sie jetzt schon ohne ihren Mann. Sie hat sich eingefunden. Redet täglich mit ihm und erinnert sich. An die erste Begegnung mit ihm nach dem Krieg. Als er hier ankam, als Fremder, als Flüchtling. Wie er auf einmal in ihrer Schule war, zusammen mit den anderen. Vom Hunger gezeichnet und alle mit großen Augen. Der ganze Kopf schien aus Augen zu bestehen. Es hat viel Ärger gegeben. »Die essen uns alles weg«, hat sie die Eltern abends reden hören. »Die können arbeiten, die sind gut fürs Geschäft«, sagte ihr

Vater und hat einen nach dem anderen angestellt. Auch den Vater ihres späteren Mannes. Irgendwann haben sie sich beim Tanzen näher kennengelernt und seitdem waren sie ein Paar.

Irina, ihre osteuropäische Hilfskraft, hat schon alles auf dem Tischchen neben dem Sessel vorbereitet. Einen Cappuccino mit samtweichem selbst geschlagenen Milchschaum und ein paar Kekse, die sie sich gebacken hat, auf dem Tellerchen mit Goldrand. Im offenen Kamin hat sie ein kleines Feuer entfacht, das knistert und wärmt. Dann hat Irina mit den Worten »Ich einkaufen. Bis später.« die Haustüre hinter sich zugemacht. Natürlich in Leggins und mit pinken Haaren. Sie hat aufgegeben, ihr etwas Stil beizubringen. »Geh noch beim Hirte vorbei und hol frisches Vogelfutter«, ruft sie hinterher ohne zu wissen, ob ihr Auftrag noch angekommen ist. Immerhin spricht sie so viel Deutsch, dass sie sich verständigen können. Olga hat immer ihre Sätze auf Polnisch in den Google-Übersetzer gesprochen und ihr dann das Handy zum Lesen hingehalten. Dann hat sie auf Deutsch ins Handy gesprochen und Olga die polnische Antwort gelesen. Und genickt und »ah« gesagt, gelächelt oder den Kopf geschüttelt. Sie kann gut mit den technischen Geräten umgehen. Zu ihrem 90. Geburtstag haben ihr die Enkelkinder ein Tablet geschenkt und Skype eingerichtet, damit sie am Leben der Enkel in den USA und dem Großwerden des Urenkels teilhaben kann. Jeden Freitag zur verabredeten Stunde skypt sie, manches Mal lädt sie sich ein paar Damen zum Kaffeekränzchen ein und legt den Urenkel dann mitten auf den Tisch zwischen Hefezopf und Butterbrezeln und lässt ihn von allen anwesenden Damen bewundern.

Irina ist die dritte osteuropäische Pflegekraft, der sie beibringt, wie man einen Rostbraten brät und Spätzle schabt. »Spätzle schaben« war in der Kommunikation über den Übersetzer sehr schwierig. Das hat gedauert. Alle drei Monate kommt eine neue. Irina ist schon zum zweiten Mal da. Gut dass sie da ist, auch wenn sie sich anfangs gegen den Vorschlag ihrer Töchter, eine »Russin« ins Haus zu holen, geweigert hat. Schließlich komme sie noch gut allein klar. Schließlich habe sie die Firma geführt, sie beide großgezogen, den Vater unterstützt und bis zum Schluss gepflegt und jetzt wolle man sie Stück für Stück entmündigen. Erst als sie mal stürzte und mehrere Stunden mit gebrochenem Oberschenkelhalsknochen auf den kalten Fliesen im Bad lag, hat sie eingewilligt. Aber dann war es eben auch ihre Entscheidung, jemanden Fremdes in die Wohnung zu lassen.

Wenn sie auf ihrem Sessel sitzt, hat sie alles um sich, was sie braucht. Fernbedienung für Fernsehen und Radio. Fernsehen und Radio sind den ganzen Tag an. Neben der Cappuccino-Tasse stehen Fotos ihrer Familie. Mit schwarzem Streifen versehen das ihres Mannes, aufgenommen an seinem 80. Geburtstag. Fast noch alle Haare schwarz, sein gewinnendes Lächeln, das sie schon als junge Frau fasziniert hat, seine klaren Augen und die goldene Krawattennadel, die sie ihm zum erfolgreichen Verkauf der Firma geschenkt hatte. Die Enkelfamilie aus den USA und die andere aus Hannover stehen da, ihre beiden Töchter, ein wenig von den anderen verdeckt. Vor den Töchtern noch das Foto ihres Labradors, der vor drei Jahren verstorben ist.

Ab und zu nimmt sie das Foto ihres Mannes in die Hand, hält es auf Augenhöhe, so als ob er vor ihr sitzen würde. Dann erzählt sie von ihrem Alltag, von dem, was sie umtreibt, was sie mit keinem besprechen kann und merkt, wie die Erinnerung an ihn nach und nach verblasst. Zehn Jahre war er älter als sie und vor zehn Jahren ist er auch verstorben. Sie kann ihn sich nicht mehr anders vorstellen als auf dem Bild. Vielleicht würde sie gar nicht mehr wissen, wie er aussieht, wenn sie nicht das Foto hätte. Dass sie alle Erinnerungen zu vergessen beginnt, treibt sie um. Ihn will sie auf keinen Fall vergessen. Seine Anzüge hat sie noch im Schrank aufbewahrt und bis vor ein paar Jahren haben sie noch nach ihm gerochen. Sein Aftershave konnte sie an ihnen riechen. Aber auch das ist verduftet.

Sie greift nach dem Cappuccino, freut sich am Milchschaum, nimmt einen Schluck, greift einen Keks und stellt die Tasse wieder zurück. Draußen schleicht eine Katze über den Balkon. Sie wendet sich der Dose auf ihrem Schoß zu. Mit ihren Fingern kommt sie unter die Kante der Dose und kann den Deckel abziehen. Vor ihr liegt ein Bündel Briefe, an den Rändern angegilbt, akkurates Schriftbild, alle mit Füller und blauer Tinte beschrieben. Hundertzweiundzwanzig Stück sind es, er hat alle Briefe nummeriert. Sie braucht sie nicht mehr zu lesen. Sie weiß, was er ihr geschrieben hat. Aber was passiert mit ihnen, wenn sie mal nicht mehr lebt? Sie will nicht, dass irgendjemand erfährt, was er ihr geschrieben hat. Geht ja keinen etwas an.

Sie steht sie auf und fährt zum Kamin, legt ein Buchenscheit nach, das sie mit beiden Händen nehmen muss. Sofort greifen die Flammen nach ihm und sie wärmt ihr Hände. Sie greift einen Brief nach den anderen und wirft ihn in die Flammen.

Draußen fährt die Feuerwehr.

WIEDERSEHEN

»Was darf ich Ihnen bringen?« Der Kellner stützt sich mit der rechten Hand auf den Tisch, blickt erst mich, dann Jan an. Auf seinem Arm kann ich lesen »one life to live« und in seinen Ohren stecken schwarze Knöpfe. Sein Haar ist in den Spitzen von der Sonne gebleicht und sein Blick gelangweilt. Jan schaut mich an und ich nicke. »Zwei Pils, bitte.« Der Kellner, auf dessen Namensschild »Leon« steht, nickt kaum, nimmt am Nachbarstisch zwei leere Cocktailgläser mit und geht Richtung Bar.

»Bist du öfter in dem Schuppen?«, fragt Jan und teilt jedem von uns einen Bierdeckel aus.

»Selten«, sage ich. Jan versucht den Bierdeckel auf die Spitze zu stellen und zu drehen. Sein Blick wird jung dabei.

»Wie früher«, sagt er und klatscht in die Hände, weil es ihm nicht gelingt.

Nichts ist wie früher, denke ich.

Auf der Bühne baut ein DJ seine Technik auf, am Tisch neben mir lachen drei junge Mädchen, die versuchen, Hamburger so zu essen, dass weder ihre Schminke noch ihr Outfit leidet. Aus den Boxen singt jemand, den ich nicht kenne. Aber der Rhythmus ist gut.

Vor der Kneipe ist er mir über den Weg gelaufen. Ich habe mir gerade eine Kippe angezündet und noch kurz Nadine geschrieben, dass es später wird, einen Blick auf die Mails geworfen, als mir jemand gegen die Schulter lief. Ich taumelte ein wenig, meine Kippe fiel mir aus der Hand und erlosch in einer Pfütze. Der Mond spiegelte sich, eine Katze huschte um die Ecke und die Frau an der Seite eines Mannes drehte sich zu uns um. Ich spürte, wie die Wut in mir aufstieg und wie sich wie ferngesteuert meine Hand zur Faust ballte. Finger für Finger. »Welcher Penner rempelt mich an?«

»Bist du das, Ralf? Ich glaub, ich spinne. Du bist das! Ralf! Ralf König!«

Irgendwie kamen mir die Stimme und die Körperhaltung bekannt vor.

»Kennst mich nicht mehr?« In seinen Augen habe ich mich erkannt. Jan Frieden. Mein Gehirn begann zu rechnen. Das musste doch über 30 Jahre her sein. Ich habe keinen mehr gesehen. Seit damals. »Mensch Ralf, lass dich mal anschauen, du hast dich kaum verändert.«

»Hier, die zwei Pils. Ich kassier gleich ab. Meine Schicht ist zu Ende. Getrennt oder zusammen? Zusammen 9 Euro.« Der Kellner stellt die zwei Bier auf die Bierdeckel, die Schaumkrone schwankt, die Gläser sind von der Kühle außen angelaufen.

»Zusammen. Ich lade dich ein«, sagt Jan und grinst und fischt aus seinem prallen Ledergeldbeutel 15 Euro. »Das ist mein Glückstag heut. Sollst etwas davon abhaben.«

Der Kellner, auf dessen Namensschild Leon steht, steckt das Geld ein, klopft auf den Tisch. »Schönen Abend noch. Nachher gibt's noch was auf die Ohren.« Sein Kinn zeigt auf den DJ, der seine Plattenteller nach und nach verkabelt und an seinem Cocktail nippt und mit den Hüften wippt, als wüsste er bereits, welche Musik er gleich auflegen wird.

»Mensch Ralf.« Jan legt seine Hände auf meine Hand. Blickt mir über seine dicken Brillengläser ins Gesicht. Ich sehe ein Fitnessarmband an seinem Handgelenk und Falten zwischen Ohren und Kiefer. Selbst der schöne Jan wird alt. Vor der Tür hat er mir noch erklärt, dass er für einen Kongress in der Stadt ist. Für zwei Tage zurückgekehrt in die alte, eigentliche Heimat, die er über 30 Jahre nicht mehr betreten hat. Wir waren nie in derselben Clique, er eine Klasse über mir. Aber er war mit Judith zusammen, Svens großer Schwester.

»Wie lange ist das jetzt her?« Seine Frage lässt meinen Puls steigen. Wie kann er da rechnen müssen? Auf den Tag genau ist es 30 Jahre, 5 Monate und 16 Tage her.

»So genau weiß ich das auch nicht«, sage ich.

»Prost.« Ich nehme das Pils, proste ihm zu und freue mich an der Entspannung des ersten Schluckes. Jan wischt sich mit dem Handrücken über den Mund, ein lautes »Aah« dringt aus seiner Kehle, sodass das Gespräch der Mädchen am Nachbarstisch verstummt – nur kurz – dann verdreht die Blonde die Augen und sie beginnen alle zu kichern.

Jan rutscht auf seinem Stuhl zurück und fixiert mit seinem Blick.

»Hast du die Stadt nie verlassen?«

Warum sollte ich die Stadt verlassen? Ich bin hier zuhause. Hier geboren. Was für ein Fatzke. War er schon immer. Ich muss mich ablenken, sonst eskaliert das hier.

Der DJ setzt sich Kopfhörer auf, schiebt ein paar Regler hin und her, nickt mit seinem Kopf, lächelt und gibt den Jungs hinter der Bar ein Zeichen. Es kann losgehen.

Die Brünette am Nebentisch tupft sich Majo mit einer Serviette aus dem Mundwinkel, die Blonde taucht eine Fritte ins Ketchup.

»Ich mach mich nicht aus dem Staub«, sage ich und nehme einen Schluck Bier.

Jan streicht sich sein Haar nach hinten und schiebt seine Brille auf den Kopf. »Das Leben geht weiter. Immer weiter. Die Sonne geht auf und unter«, sagt er und breitet seine Arme aus, als ob er die ganze Welt umarmen wollte.

»Santa Maria« dröhnt es aus den Boxen. Der DJ hat die Macht übernommen. »80er Jahre Schlagerparty«, habe ich auf dem Plakat am Eingang gelesen. Ein graumelierter Mann mit hellgrauem Anzug mit Einstecktuch tanzt mit einer zwei Köpfe kleineren Frau mit Tränensäcken und roten Sandalen. Sie bewegen sich über die Tanzfläche, als tanzten sie seit Jahren.

»Darfs noch was sein?« Die Kellnerin – auf ihrem Namensschild steht Nicky – steht mit gezücktem Stift und Block vor uns und lächelt. Sie trägt ihr Haar kurz und ihre Lippen dunkelrot.

»Nochmal zwei«, sage ich, Jan nickt.

»Kommt sofort.« Als ich ihr hinterherblicke, sehe ich ein tätowiertes Strumpfband auf ihrem Oberschenkel.

»Ich hab nichts vergessen. Hast du damals getragen?«, fragt Jan. Seine Augen blicken durch mich durch.

Du hast alles vergessen, denke ich. Du hast getragen, Alexander, Peter und ich. An manchen Tagen spüre ich noch, wie das Tau durch meine Hände gleitet. Rau. Kratzig. Oft stehe ich nachts am Rand des Grabs, sehe, wie wir mit unklarem Blick versuchen, den Sarg in die Grube zu lassen. Wie er schwankt, fast an den Enden anstößt. Ganz unten habe ich einen Regenwurm gesehen. Ich höre, wie der Posaunenchor so schlecht spielt wie noch nie, weil ihnen die Trauer den Atem erstickt. Ich bin überrascht, wie leicht der Sarg ist. Wir wussten alle, dass nicht mehr viel von Sven übrig war. Aber so leicht?

»Bist du noch mit Judith zusammen?«, frage ich zurück.

»Die ist nie darüber hinweggekommen. Sie nicht und ihre Eltern auch nicht. Bei jedem Besuch. Immer ging es um Sven. Was er jetzt wohl machen würde. Wie es ihm jetzt wohl geht. Ob er Kinder hätte. Und warum er das gemacht hat.« Jan nimmt einen letzten Schluck von seinem Bier, stellt das Glas mit einem dumpfen Ton auf den Tisch. »Dein ist mein ganzes Herz«, singt Heinz Rudolf Kunze aus den Boxen. Ja, die 80er.

»Das Leben geht weiter. Ich will mich ja nicht immer runterziehen lassen. Keine Ahnung, wie's Judith geht. Ich sag immer: Jeder ist seines Glückes Schmied. Wir werden wie Riesen sein, uns wird die Welt zu klein.« Die letzten Worte singt Jan und schlägt mit den Zeigefingern den Rhythmus auf die Tischkante.

Nicky stellt die zwei frischen Pils auf den Tisch, wischt mit einem Lappen über den Tisch. »Fehlt euch sonst noch was? Burger oder so?«

Sven fehlt.

DIE UNGEHALTENE REDE
AM GRAB MEINES VATERS

Ich las den Brief noch einmal. Dann öffnete ich die Schublade an meinem Schreibtisch, holte ein Blatt Papier und meinen Füller heraus. Mit meiner Unterschrift prüfte ich, ob noch Tinte im Füller war, legte eine Patrone zur Seite und begann zu schreiben.

Freunde und Freundinnen meines Vaters hatten mir geschrieben. Vielleicht auch eher Kolleginnen und Kollegen. Sie wollten sich an seinem Grab treffen und wünschten sich eine Rede von mir.

»Liebe Kolleginnen und Kollegen meines Vaters,«

Einfach mal mit der Anrede beginnen, dann steht schon mal etwas auf dem Papier. Die Beerdigung ist jetzt drei, vier Wochen her. Es war – soweit man das sagen kann – eine schöne Feier. Der Chor hat sich Mühe gegeben, die Pfarrerin Hoffnung gesät und viele waren da. Verwandtschaft, Nachbarschaft. Manche habe ich erkannt, manche erst auf den zweiten Blick. Die Klassenkameraden und Kameradinnen, die ich ewig nicht gesehen habe. Deren Gesichter einem bekannt sind. Dann wie bei einer Kamera scharf stellen und die Erinnerung ist da. Sandra, die große Liebe aus meiner Kindergartenzeit. Michael, den wir immer mit irgendwelchen Geheimnissen gelockt haben, um ihn dann in eine kleine Grube zu stoßen, oder Andrea, auf deren Dachboden wir uns getroffen haben, um heimlich die aussortierten Schmuddelhefte ihres großen Bruders zu lesen. Toni, dem ich unendlich viele Flanken auf den Kopf gezaubert habe und mit dem wir zum ersten und einzigen Mal mit unserem Verein aufgestiegen sind. Danach gings nur noch bergab. Der gestrenge Herr Martin, seines Zeichens Mathelehrer, mittlerweile am Stock und auch der ehemalige Bürgermeister wurde von seinem Sohn im Rollstuhl ans Grab geschoben. So richtig konnte nie geklärt werden, wie das mit seiner Nazi-Vergangenheit war. Selbst die Adeligen haben sich aus ihrem Waldschlösschen aufgemacht, um ihm in angemessenem Abstand die letzte Ehre zu erweisen. Ihre

Kleidung erinnerte mich an Fernsehberichte über eine Pferde-rennbahn in England.

Viele, die ich nicht gekannt habe, die mir die Hände geschüt-telt haben und mir die Zusammenhänge, aus denen sie meinen Vater kannten, und was sie an ihm schätzten ins Ohr geraunt haben.

Viel habe ich nicht verstanden.

Aber was kann ich anderen über meinen Vater sagen?

Die schwere Schwüle dringt von draußen an meinen Schreib-tisch. Ich spüre, wie mir der Schweiß über den Rücken läuft, vom Spielplatz unterhalb dringen Geräusche wie vom Freibad an mein Ohr. Nur ganz in der Ferne lässt sich die Autostraße hören.

Was kann ich über meinen Vater sagen? Ich schreibe:

»Was könnte ich sagen, was Sie noch nicht wissen?

Sie haben ihn über viele Jahrzehnte seines Berufslebens begleitet und auch im Ruhestand nicht aufgehört, sich mit ihm zu treffen. Sie kennen ihn als Chef, als Entscheider, als Berater und irgendwie auch als Lehrer. So kenne ich ihn auch durch Sie.

Sie wissen also, wer er war, wie er tickte, was ihn zu dem machte, den Sie schätzten und warum Sie sich an seinem Grab treffen wollen.«

Ich kann da nichts Neues dazulegen.

Und überhaupt: Was darf ich über ihn sagen, ohne ihn zu verletzen?

Er hat vieles geregelt im Blick auf seinen Tod. Sein Sarg sollte zu sein, weil er nicht wollte, dass ihn Leute sehen, die er nicht sehen will. Er hat geregelt, wer einzuladen ist und wer nicht und wer an seinem Grab reden darf und wer auf keinen Fall. Er hat geregelt, wo anschließend zu feiern ist und wer ihn bestatten soll und dass ein einziger Palmwedel auf seinem Sarg sein sollte.

Er hat aber nicht geregelt, was ich in einer Rede über ihn sagen darf und was nicht.

Das war kein leichtes Gespräch gewesen, aber ein notwendiges.

»Du musst kommen, wir müssen alles besprechen«, hatte er mir am Telefon gesagt. Als ich kam, war der ganze Wohnzimmer-tisch mit Unterlagen übersät und aus den ganzen Papieren hat er dann einen Ordner gefüllt. Eine braune, von der Zeit gezeich-nete Ledermappe mit einem metallenen Verschluss. »Da ist alles drin, was du wissen musst, wenn ich mal nicht mehr lebe. Ich bin jetzt einundachtzig Jahre alt und die meiste Zeit meines Lebens werde ich hinter mir haben.« Er lächelte, schob die Brille auf die Stirn und die Pillendose auf die Seite und nahm einen Schluck Cognac. Die einzelnen Fächer des Ordners waren beschriftet: »Testament«, »Beerdigung«, »Versicherungen«, »Vollmacht«.

»Eines habe ich nicht aufgeschrieben, das sage ich dir jetzt: Von meinen ehemaligen Vorgesetzten darf keiner am Grab reden. Versprochen?« Ich stellte keine Fragen, nickte stumm und ließ mir von ihm einen Cognac einschenken.

»Wenn ich über ihn rede, dann bekommen Sie ja auch nur mein Bild von ihm. Fragen Sie die Nachbarn oder seinen Bruder oder meine Schwester – es wird eine andere Rede werden. Meine Wahrnehmung und meine Geschichte mit ihm wie mit allen Menschen ist doch persönlich. Wahr und trotzdem nicht abschließend. Zutreffend und trotzdem begrenzt. Ehrlich und trotzdem gefärbt.

Vor allem freue ich mich, dass Sie ihn besuchen. Dass mit dem Tod eben nicht alles aus ist und Sie weiter an ihn denken und sein Tod ein Anlass ist, zusammen zu kommen. Denn darum geht es doch im Leben: Zusammen zu sein. Leben zu teilen. Anteil zu nehmen an anderen Leben. Sich zu erinnern an das, was war und daraus auch gestärkt auf dem eigenen Weg weiterzugehen.«

Mittlerweile war ein Gewitter aufgezogen und ein Blitz, dem ein dumpfer Donner folgte, ließ meinen Blick aus dem Fenster schweifen. Es war fast wie Nacht geworden. Die Schwalben flogen tief und waren auf der Jagd. Über das Grün der Büsche und Bäume sah ich auf eine rostrote Bürgervilla des späten neunzehnten Jahrhunderts. Sie hatte zwei unterschiedliche Türme, einen mit einer Kuppel und einen mit einer Spitze. Die meisten Fenster waren dunkel, nur in dem einen Fenster brannte Licht. Eine Mutter kochte etwas auf dem Herd, während sie ihr schreiendes Baby auf der Hüfte wippte. Der Regen begann gegen das Fenster zu klatschen. Ich kramte in meiner Hosentasche nach Streichhölzern, zündete eine Kerze an und griff nach der Rotweinflasche, die immer neben meinem Schreibtisch stand. Wie bei meinem Vater. Neben seinem Schreibtisch stand eine Rotweinflasche aus einem Weingut, dem er über fünfzig Jahre die Treue hielt. Immer Lemberger. Immer trocken. Ich öffnete den Verschluss, schenkte mir ein Glas ein, kippte das Fenster. Der Duft des Regens vermischte sich mit den Waldbeeren des Weins und dem abgebrannten Streichholz.

Abgesehen von dem Regenduft hat es im Arbeitszimmer meines Vaters oft so gerochen. Er trank seinen Wein aus einem Henkelglas, meistens stand noch eine Schale Nüsse auf dem Schreibtisch. Selbst als er verstorben war und schon lange keinen Wein mehr am Schreibtisch trank roch es noch nach Wein und Streichholz. Die Kerze stand noch auf dem Fenstersims. Ein wenig eingestaubt. Manchmal sah ich ihn auch sitzen. Wenn ich meine Mutter besuchte und etwas aus seinem Arbeitszimmer zu holen hatte, öffnete ich die Tür und er saß da: Weißes Hemd und Pullunder, viele Papiere zerstreut über dem Schreibtisch, Wein und Nüsse, meistens einen Bleistift in der Hand und drei, vier aufgeschlagene Fachbücher. Es schien ihn nicht zu stören, dass ich nach einem Ordner mit allen Versicherungen suchte.

Überhaupt war er da, seitdem er gestorben war. Nicht nur in seinem Arbeitszimmer. Er saß auch im Wohnzimmer in seinem Sessel und lauschte den Gesprächen zwischen meiner Mutter und mir, manchmal kam er einfach zu Türe herein, grüßte und setzte sich.

Morgens schaute er mir aus dem Spiegel entgegen. Noch öfter als früher wurde mir seit seinem Tod bescheinigt, wie ähnlich ich ihm sehen würde. Bis in die Bewegung hinein. Manchmal machte ich Scherze, die er gemacht hatte und begann Sätze zu wiederholen, die ich ihn habe reden hören. Ich erkannte, dass ich dieselben Flecken wie er auf meiner Hand hatte. Ab und zu konnte ich auch mit ihm reden. Oder er begegnete mir in Träumen. Das alles machte mir keine Angst, deshalb begann ich auch nicht an meinem Verstand zu zweifeln. Nur manchmal hatte ich das eigenartige Gefühl, dass er in mir lebte. Aber konnte ich das in der Rede sagen?

Mir fiel das Gespräch mit einem alten Onkel ein, der sich mal auf einer Familienfeier so zwei, drei Jahre nach dem Tod seiner Frau neben mich setzte: »Kannst mich ruhig für verrückt halten, aber meine Ilse ist immer noch da«, sagte er und lächelte. Ich erinnere mich, dass in seinem Gesicht der Bart nicht an allen Stellen gut rasiert war und die Haare seiner Augenbrauen sich in alle Richtungen bogen. Als er mit mir redete, waren seine Augen weit geöffnet und sein weißes Hemd hatte einen leichten Gelbstich, dort wo der Kragen den Hals berührt. Ich wusste nicht, was ich sagen sollte und lächelte. »Ich kann sie spüren, wenn ich nachts im Bett liege, manchmal höre ich sie auch atmen und tagsüber hilft sie mir.« Er schaute mir fordernd in die Augen und ich nickte stumm. Er griff in die Innentasche seines Jacketts, legte seine Lesebrille auf den Tisch. Seine Nägel waren ein wenig zu lang und seine Finger von der Gicht gebogen. »Die habe ich heute Morgen gesucht wie blöde. Überall. Die war weg. Dann habe ich gesagt: Ilse, zeig mir, wo die Brille ist!« Ich nahm einen Schluck Kaffee und spießte ein Stück Kuchen auf. »Ob du es glaubst oder nicht: Gleich darauf lag sie auf dem Küchentisch neben der Zeitung. Ich bin so froh, dass ich die Ilse hab«, sagte mein Onkel und kippte den Rest seines Biers hinunter, wischte sich mit dem Handrücken den Mund ab, stand auf und hinkte weiter.

Ich habe das alles belächelt. Und jetzt geh ich täglich mit einem Toten um, als ob er lebte.

Ich nahm noch einen Schluck Wein, griff wieder nach dem Füller und schreib weiter:

»Woran erinnern Sie sich, wenn Sie jetzt hier an seinem Grab stehen? Was hat er Ihnen mitgegeben, was Sie bewahren und behüten werden – was so etwas wie ein Schatz sein kann?

Bei mir ist es die Weite und Offenheit anderen Menschen gegenüber. Die Freude an der Natur. Und Humor, vor allem über sich selbst lachen zu können. Verantwortung zu übernehmen.

Mehr als meine Sicht über ihn würde mich interessieren, was er Ihnen mitgegeben hat. Ich habe ein kleines Buch mitgebracht. Schreiben Sie es doch nachher einfach auf.

Wir haben uns auch am Ende seines Lebens darüber ausgetauscht, ob es so etwas, wie ein Leben nach dem Tode gibt. Für ihn war das klar. Wir leben, wir sterben und wir leben. Wie hier im Leben muss das Leben nach dem Tode auch Gemeinschaft sein. ›Wenn ich nur allein bin, brauch ich nach dem Tod auch nicht zu leben‹. Ihm war das Johannesevangelium das Liebste. Das Bild, dass es im Himmel für jeden eine Wohnung gibt, die für einen eingerichtet ist, hat ihm gefallen. ›Wenn da jeder seinen Platz hat, dann muss ich auch denen nicht begegnen, denen ich nicht über den Weg laufen will. Mit allen anderen komme ich auf einer Terrasse zusammen und wir frühstücken, während die Sonne immer aufgeht.‹«

Das Telefon klingelte. Es war Andreas.

»Hallo Andreas, was gibt's?«

»Kannst du die Jungs morgen vom Training abholen? Mir ist etwas dazwischengekommen!«

»Ja, klar, das geht. Kein Problem.«

»Super, Danke, schöne Grüße an die Familie.«

»Gleichfalls. Richte ich aus. Schönen Abend noch!«

»Schönen Abend.«

Das Gewitter war weitergezogen. Die Mutter saß mit ihrem Baby am Tisch und versuchte es zu füttern. Auf die Ferne betrachtet schien es Spaß zu haben. Sobald sich ein Löffel näherte, hob es beide Arme über den Kopf und öffnete den Mund. Mir war, als könnte ich sein fröhliches Kreischen hören.

Ich trank einen Schluck Wein, schenkte nochmals nach und las meine bisherigen Worte durch.

Irgendwie nichtssagend. Distanziert. War unser Verhältnis so? Oder würde mehr Nähe in den Worten dazu führen, dass ich die Rede nicht zu Ende sprechen könnte? Obwohl ich kein Wort gesprochen habe, obwohl mein Vater alt und lebenssatt verstorben ist, obwohl ich mit beiden Beinen im Leben stehe, sein Sterben, sein Tod, seine Beerdigung hat mich emotional mitgenommen. Ich hätte damals kein Wort sagen können, ohne nicht Angst zu haben, dass mir die Stimme bricht.

Mehr Nähe wäre gut.

Im Kinderzimmer ist Licht angegangen. Mutter und Vater haben sich ums Kinderbett versammelt. Eine Lampe wirft Sterne an die Decke. Der Mond lässt sich schon blicken.

Ich sollte nochmal von vorne anfangen.

ES GEHT WEITER

»Wer ist das?«, fragt einer der Väter am Spielfeldrand. Durch das alte Stadion pfeift der Wind, Regen kommt von allen Seiten. Sie stehen da, die Kapuzen tief ins Gesicht gezogen und schauen ihren Söhnen beim Fußball zu. 9 Uhr Samstagmorgen. Ein Leistungsvergleich in der A-Jugend. Es geht um nichts, nur um Erkenntnisse für die Trainer. Die Väter schütteln den Kopf oder heben die Schultern. Gut ist er, das sehen sie. Schnell ist er. Konkurrenz für die eigenen Söhne, das ist offensichtlich.

Durch den Wind wirkt das alte Stadion noch klappriger. Es knirscht, wie in manchen Gelenken der Väter. Sie wärmen ihre Hände am Kaffeebecher. Mit einer Leichtigkeit fegt der Neue über den Platz. Er dreht sich in seine Gegenspieler hinein. Spielt die Bälle da hin, wo sie hin müssen. Genau in die Schnittstelle. Er überrascht nicht nur den Gegner, sondern auch seine Mitspieler. Er ist anders als die anderen.

Der Regen wird stärker. »Also kicken kann er«, sagt Ibu, einer der Väter. Statt am Kaffee nippt er an einem Bier. Er kommt direkt von der Nachtschicht. Nach dem Spiel, das der Neue mit zwei Toren entschieden hat, kommt der Trainer zu den Vätern, stellt den Neuen vor. »Das ist Luca Grym. Ein Geschenk des Himmels.« Ibu nimmt einen tiefen Zug an seiner Zigarette, wirft sie in eine Pfütze und bläst den Rauch in den Himmel.

Zart drängt sich die Sonne durch die Wolken. Der Wind hat sich gelegt. Ein Bus hält an der Haltestelle neben dem Stadion an. Jugendliche mit Sporttaschen über den Schultern und mit Vereinstrainingsanzügen gekleidet steigen aus und gehen in die Umkleidekabine.

Die A-Jugend-Spieler kommen bei ihren Vätern vorbei, sie klatschen einander ab und lassen sich umarmen. Sie riechen nach Schweiß und Gras, das sie sich aus dem Gesicht und von den Beinen wischen.

Die Väter sagen:

»Gutes Spiel!«

»Denen habt ihrs aber gezeigt!«

»Wenn ihr so immer spielt, kann euch keiner das Wasser reichen.«

»Weniger feiern, mehr trainieren – zahlt sich wohl aus.«

»Mit dem Neuen seid ihr auf Jahre hinaus unschlagbar.«

Die Jugendlichen grinsen und feixen, nehmen den Neuen in die Mitte, klopfen ihm auf die Schulter und gehen Richtung Dusche.

»Für einen Kaffee reicht's noch, die duschen ja länger als Mädchen«, sagt einer der Väter und greift nach der Thermoskanne, die auf dem Boden steht. Es hat wieder zu regnen begonnen.

Mit der Kanne geht er reihum und schenkt denen nach, die ihren Becher nach vorne halten.

»Für mich nicht«, sagt Ibu und prostet ihnen mit seinem Bier zu. Er kramt in seinen Jackentaschen nach seinem Feuerzeug und zündet sich eine Zigarette an. Mit der Hand versucht er sich den Schlaf aus dem Gesicht zu wischen.

»Ist eine blöde Geschichte mit Jannik. Aber für die Jungs muss es weitergehen«, sagt einer der Väter zu Ibu und klopft ihm im Vorbeigehen auf die Schulter.

Ibu blinzelt, weil zwischen den Wolken wieder die Sonne durchscheint, versucht zu lächeln und öffnet sich eine zweite Dose Bier.

»Schon klar«, sagt er, nimmt einen Schluck und unterdrückt ein Rülpsen. »Jeder ist ersetzbar.«

Er greift nach seinem Rucksack auf dem Boden, setzt ihn sich auf den Rücken, prostet ihnen mit seinem Bier zu. »Schönen Samstag noch«, und macht sich auf den Weg Richtung Ausgang. Der Kies knirscht unter seinen Füßen. Aus dem Mehrfamilienhaus ist ein Staubsauger zu hören.

»Ist nicht leicht für ihn«, sagt einer der Väter und bläst in seinen Kaffeebecher.

»Das Leben geht weiter«, sagt ein anderer.

»Die Zeit heilt alle Wunden«, fügt ein Dritter hinzu.

»So ein Scheiß, jetzt fängt es schon wieder an zu regnen. Hoffentlich sind die bald fertig mit Duschen«, sagt der erste und spannt seinen Regenschirm auf.

IM WIND

»Fast«, sagt Thommy und beißt in sein Belegtes, er fängt mit der Zunge die tropfende Majo auf und kippt einen Schluck Kaffee hinterher, »einmal war ich kurz davor.« Er sitzt mit Konstantin, dem Russen, in ihrem Peugeot Boxer. Wie immer von 9 Uhr bis Viertel nach machen sie Gewerkschaftspause, wie Thommy es nennt. Wenn es kalt ist, windig oder regnet, setzen sie sich dafür ins Fahrerhäuschen. Heute ist es kalt, windig und regnet so stark, dass Thommy den Scheibenwischer angemacht hat. Die Heizung bläst vor sich hin, es riecht nach Diesel, Kaffee und ihren Arbeitsklamotten. Quittungen und abgelaufene Parkscheine über der Lüftung flattern ein wenig durcheinander, auf dem Dach prasseln die Tropfen.

Konstantin schaut kurz von der BILD-Zeitung auf: »Versteh nicht. Du hast fast mal einen Toten angefasst?« Ihr Dienstwagen, wie Thommy ihn nennt, parkt mitten auf dem Friedhof. Die Heizungs- und Sanitäranlage für die neue Leichenhalle und die Abschiedsräume muss installiert werden. Konstantin schaut wieder in die BILD, ohne zu lesen. Isst nichts, blättert nur und nippt an seinem Kaffee. »Tief Sabine sorgt weiterhin für herbstliche Temperaturen. Gebietsweise kommt es zu ergiebigen Regenfällen.« Konstantin schüttelt den Kopf: »Frauen haben noch nie nichts Gutes gebracht.«

Thommy schaut aus dem Seitenfenster. Die Lindenbäume werfen im Regen ihr Laub ab. Bei den frischen Gräbern haben sich kleine hellbraune Bäche gebildet, die bunten Blumen sind vom Regen zerfetzt. Seit vier Tagen arbeiten sie auf dem Friedhof. Seit vier Tagen regnet es. »Der erste Tote war mein Opa«, sagt Thommy und dreht die Heizung höher. Konstantin holt den Flachmann aus der Brusttasche seines blauen Antons, gießt einen Schluck Cognac in den Kaffee und murmelt: »Wir bauen Heizungsanlage für Tote. Was soll das?« Bevor er die Flasche wieder verschließt, fährt er mit der Zunge einmal um die ganze Öffnung. Aus seiner Hosentasche zieht er eine Schachtel Zigaretten und drückt auf den Zigarettenanzünder. Thommy blickt durch die beschlagene Scheibe. »Er sah gar nicht mehr aus wie mein Opa. Die Nase ganz spitz, ein Auge leicht offen.« Wieder hört man deutlich den Regen. Thommy greift nach dem Becher Joghurt auf der Ablage, zieht den Aludeckel ab und schleckt die Innenseite sauber. Während er den Joghurt umrührt, sagt er: »Die hatten ihm den Mund zugeklebt. Zwischen den Lippen sah man den Kleber.« Mit einem Plopp springt der Zigarettenanzünder zurück. Konstantin öffnet das Seitenfenster ein wenig. Nimmt den glühenden Anzünder in die Hand. Mit einem Knistern beginnt der Tabak zu glimmen, es riecht leicht verbrannt. Thommy löffelt den Joghurt. Konstantin bläst den Rauch aus dem Fenster. Auf einmal beginnt er zu singen, mit seinem russischen Akzent: »Im nächsten Leben: Küsst du mir die Tränen vom Gesicht. Ich weiß genau unsere Träume sterben nicht.« Irgendwann summt er nur noch die Melodie und schlägt im Takt mit seinen Stahlkappenschuhen an die Innenverkleidung.

Der Wind hat zugenommen, die Platanen biegen sich und selbst der Peugeot Boxer wackelt ein wenig, als ihn eine Böe an der Seite trifft. Konstantin dreht das Radio lauter. »Achtung Autofahrer: Auf der A 81 zwischen Anschlussstelle Zuffenhausen und Stuttgart-Feuerbach kommt Ihnen ein Falschfahrer entgegen.« Thommy kratzt den letzten Rest Joghurt vom Rand des Bechers. Konstantin macht das Radio wieder leiser und schaut Thommy an: »Dann hast du fast den Opa angefasst?« – »Ich hatte ihm versprochen, ihn in die Stirn zu zwicken«, sagte Thommy, »sichergehen, dass er wirklich tot ist.« Er wendet sich Konstantin zu und versucht ihn zu zwicken. »Bist du bescheuert?«, Konstantin wehrt seine Hand ab: »Bringt Unglück sowas.« Er macht leise Spuckgeräusche über die Schulter und klopft dreimal auf die gepolsterte Lehne. Als er die Kippe durchs Fenster schnippt, verglüht sie sofort im Regen. Thommy sagt: »Mach dich fertig, Pause ist gleich vorbei. Dann können wir den Toten wieder einheizen.« Konstantin öffnet seine Schnürsenkel, zieht alles zurecht und bindet sie neu. Dazu verschwindet er fast mit seinem ganzen Kopf unter dem Handschuhfach. »Auf dem Leichenschmaus meines Opas haben alle gelacht«, sagt Thommy, »alle.« – »Ihr Deutschen habt schon komische Wörter«, murmelt Konstantin unter dem Handschuhfach, »Leichenschmaus.« Thommy zieht sich den Anorak und die Arbeitshandschuhe an, trinkt den restlichen Schluck seiner Kaffeemischung und steigt aus. Der Regen hat etwas nachgelassen.

Thommy blickt in den Himmel und kann hinter den Wolken die Sonne als hellgrauen Ball erkennen. Er hört, wie das gusseiserne Tor quietscht. Thommy und Konstantin grinsen sich an, wobei Konstantin die rechte Augenbraue hochzieht. Wie jeden Morgen um kurz nach neun kommt Frau Blick auf den Friedhof. Gegen den Wind gebeugt, mit Schirm und durchsichtigem Plastikkopftuch, die Haare zu einem Dutt auf dem Hinterkopf gedreht, ausgetretene Schuhe, in denen dünne Beine enden, um die sich eine graue Feinstrumpfhose windet, wie das Efeu um den Stamm einer Linde. Sie versucht, den Pfützen aus dem Weg zu gehen, an ihren Absätzen der Dreck von ihrem letzten Besuch. »Guten Morgen die Herren Handwerker«, begrüßt sie die beiden mit einem zahnlosen Lächeln. »Gut, dass ihr die Toiletten richtet, ist schon eine Zumutung, wenn man hier mal muss.« Konstantin geht einen Schritt auf sie zu und beugt sich ein wenig zu ihr herab: »Ist Wetter nicht zu schlecht zum Vorlesen, Frau Blick?« Thommy setzt sich kopfschüttelnd Richtung Baustelle in Bewegung. Es beginnt wieder zu regnen. »Jeden Morgen, seit über dreißig Jahren«, sagt Frau Blick und mustert sie über den Rand ihre Brille. Konstantin legt zwei Finger an die Schläfe wie zu einem Gruß: »Dann richten Sie Ihrer Tochter bitte aus, dass wir jetzt die Heizung reparieren.« Er schaut ihr nach, wie sie vor einer Rasenfläche stehen bleibt, die Tasche abgestellt, den Regenschirm zwischen Hals und Schulter einklemmt und umständlich die Zeitung aufschlägt. Eine Böe fegt durch den Friedhof und trägt die Nachrichten davon.

RUHE

Jetzt endlich habt ihr eure Ruhe. Wenn ich könnte, würde ich euch zuwinken und grinsen. Oder wenigstens an den Sargdeckel klopfen. Dann würde ich euch mal so richtig erschrecken. In eurer Ruhe erschüttern. Wer ruht, erstarrt. Glaubt mir, ich weiß, wovon ich rede. Ich habe mir das anders vorgestellt. Das Liegen in der Kiste. Ist eng hier. Holzklasse eben. Mal sehen, wohin die Reise geht.

Wundert mich, dass ihr überhaupt gekommen seid. Wahrscheinlich wollt ihr sicher sein, dass ich wirklich tot bin. Ihr eure Ruhe habt. Ihr müsst wissen, ich habe es gerne getan. Meinen Beruf geliebt. Ich bin von hier und die meisten von euch sind auch von hier. Ich weiß alles über euch. Ich weiß, zu welchen Zeiten ich wo sein muss, damit ich euch erwische. Ich bin euer Schatten. Gewesen. Euer Gewissen. Mal sehen, was noch geht.

Ich habe gerne den Strafzettel geschrieben, wenn ihr nur mal kurz auf dem Behindertenparkplatz geparkt oder leider eure Parkscheibe vergessen habt. Ich habe euch bis zum Schluss erzogen. Wenigstens es versucht. Ich wusste, wann ich den Schorsch nach der Jahreshauptversammlung beim Sportheim herauswinken musste, weil er wieder mal der beste Kunde des Vereins war. Ich kannte alle eure Schleichwege, wie ihr versucht habt, an mir vorbeizukommen, und ich wusste, wann die Tanja zum Thomas unterwegs ist. Wer von euren Kindern kifft oder auch Härteres einwirft, wann ich beim Dorffest im Bierzelt auftauchen muss, damit der Luis dem Konrad nicht den Maßkrug auf den Schädel schlägt. Ich weiß alles. Ich sehe alles.

Gerne hätte ich mehr gesehen.

Drei Bürgermeister habe ich in die Spur gebracht und sie haben mich unterstützt. Auch wenn keiner sich getraut hat, Überwachungskameras da oder dort aufzustellen. Wochenlang habe ich in meinem Schuppen gebrütet, mir die Perspektive angeschaut, sie optimiert, mich schon sitzen sehen in einem gekühlten Überwachungsbüro und euch alle immer im Blick.

Ich habe gar nie ein Auge zugedrückt. Im Krankenhaus haben die mir gleich beide zugedrückt, nachdem ich das letzte Mal ausgeatmet hatte.

Jetzt den Löffel abzugeben, kurz vor meinem Ruhestand, das hat mir schon zugesetzt. Der letzte Dorfbulle bin ich gewesen. Dorfbulle wie mein Vater und wie mein Großvater. Wie einen Hof haben wir die Stelle vererbt und das Wissen. Die Dossiers von meinem Großvater über eure Großväter reichen bis in die Nazizeit zurück. Wer wen verraten hat. Wer meinen Großvater am Ende verraten hat, weil er ja bei der Partei sein musste und nur das Recht umgesetzt hat. Nach dem Krieg hat er sich an der schönsten Kirsche auf seinem Obstbaumstückchen aufgeknüpft. Ich bin der letzte Dorfbulle. Musste ja allein leben. Habe keine Kinder. War mit euren voll beschäftigt.

Jetzt ist die Stelle ohnehin gestrichen. Eingespart. Ihr könnt aufatmen. Bis die aus der nächsten Station da sind, wird es dauern. Ihr wisst ja, was ich vorhatte. Im Ruhestand. Den ganzen Tag im Marktcafé sitzen und zusehen, was ihr so treibt. Aber der Krebs hat auch mich erwischt und das Herz ist zu schwach. Immerhin, ihr werdet es nicht glauben, ich habe eines. Wenn es auch schwach ist. Aber so groß kann ja eures auch nicht gewesen sein: Ihr habt die Straßenseite gewechselt, wenn ihr mich gesehen habt, oder versucht, mich mit Bier oder Wurst und Fleisch zu bestechen. Habt euch weggesetzt, wenn ich mich in der Kneipe an den Stammtisch gesetzt habe. Für mich war kein Platz in eurem Leben. Jetzt habt ihr eure Ruhe. Ich muss meine erst noch finden.

Der Arzt hat gesagt: »Wir können die Operation am Herzen machen. Aber mit der Kombination Krebs kann ich Ihnen als Erfolg maximal den Rollator garantieren. Mehr kann ich nicht versprechen.«

»Was passiert, wenn Sie einfach der Maschine den Stecker ziehen?«

»Dann sterben Sie.«

Ich am Rollator und ihr, die ihr Schadenfreude habt. Das ist keine Perspektive. Rollator als Maximum. Wer weiß, was noch kommt? Rollstuhl. Ans Haus gebunden sein. Hilfe in Anspruch nehmen.

»Dann ziehen Sie morgen den Stecker!«

Hat dem Doktor nicht gefallen. Gab nochmal eine Besprechung mit anderen Wichtigtuern.

»Ob ich es mir gut überlegt habe«, »ein Leben mit Rollator kann trotzdem schön sein«, »Sie sind doch noch jung.«

»Ziehen Sie den Stecker.«

Hab's mir leichter vorgestellt. Ich habe gedacht, das ist wie zuhause: Du ziehst den Stecker vom Fernseher und er ist aus. Aber ich bin keine Maschine. Die Maschine war aus und ich am Leben.

Morgens um acht Uhr ging es los und erst abends um sechs Uhr habe ich meinen letzten Atemzug gemacht. Dann war es auf einmal richtig ruhig im Zimmer. So eine Ruhe habe ich noch nicht erlebt. Nicht totenstill. Sondern ruhig. Keine Bewegung mehr. Keine Zeit mehr. Die Ruhe suche ich wieder, seitdem mir die Schwester die Augen zugedrückt hat.

Aber wenigstens ihr habt eure Ruhe. Glaubt ihr wenigstens. Mal sehen, was noch geht.

SELMA

Mit einem Büschel frischem Gras lockte er Selma vom Anhänger. Sie folgte dem Gras mit unsicheren Schritten. Theodor Peininger legte seine Hand zwischen die Augen auf ihre Stirn.

»Schön ruhig Selma, das wird schon«, sagte er und kraulte ihre weißen Locken zwischen den Hörnern, was sie beruhigte. Mit einem Schnauben fraß sie das Gras aus seiner Hand.

Seit mehreren Jahrzehnten grillte Theodor Peininger beim Dorffest eine ganze Kuh am Spieß. Die Prozedur begann bereits acht Wochen vor dem Fest, indem Theodor Peininger sich durch die Kuhställe der Kaltenfelder Bauern führen ließ, um die richtige Kuh auszuwählen. Er legte seine breiten Hände auf ihre Rücken, schaute ihnen in die Augen, schätzte das Gewicht, kraulte ihnen die weiche Stirn zwischen den Hörnern und ließ sich die Hand von ihrer rauen Zunge ablecken, um abschließend einen Blick auf den zuletzt gekackten Fladen zu werfen. Nach der Begutachtung zog er den Stift hinter seinem rechten Ohr hervor, befeuchtete die Spitze kurz mit seiner Zunge, schob die Brille auf die Stirn, spitzte die Lippen und füllte für die Kuh den Steckbrief aus, den er im Laufe der Jahre perfektioniert hatte. Rasse. Alter. Anzahl der Kälber. Farbe. Gewicht. Gesundheitszustand. Fladenform und Fladenzustand (breiig, flüssig, sehr flüssig). Er ließ sich nicht in die Karten schauen, auch wenn die ihn begleitenden Bauern einen Blick in seine Notizen erhaschen wollten.

In den acht Wochen kam es nicht selten vor, dass Theodor Peininger am Morgen vor die Tür trat und auf der Schwelle vor dem Haus zehn Eier, einen geräucherten Schinken oder einen Hefezopf mit einer Flasche Wein fand. Lemberger trocken. Seine Lieblingsorte. Er verzehrte die Bestechungsversuche gerne, sie beeindruckten ihn aber nicht und sie offenbarten mehr über die Geber, als ihnen lieb war.

»Wenn du meiner Kuh jetzt noch eine Rose überreichst, dann werde ich dich immer Heidi Klum von Kaltenfeld nennen«, hatte der diesjährige Besitzer der auserwählten Kuh, Helmut Semler, zu Theodor Peininger gesagt. Dabei hatte er ihm auf die Schulter geschlagen, dass die Brille von der Stirn wieder auf die Nase rutschte, und sich dabei vor Lachen kaum halten können. Er lachte immer am lautesten über seine Sprüche, auch wenn andere peinlich berührt zu Boden blickten.

Theodor Peininger hatte alles versucht, um nicht Semler küren zu müssen. Er konnte Helmut Semler nicht leiden, was daran lag, dass die Familien Peininger und Semler seit ungefähr hundertfünfzig Jahren zerstritten waren. Eine Erbangelegenheit um die Aufteilung eines Hofes, in der die Familie Peininger zu der Weisheit kam, die bis heute von Generation zu Generation weitergeben wurde: »Hüte dich vor einem Semler, der zieht dich über den Tisch und wenn er dich loslässt, hast du leere Taschen.« Sie kannten sich von klein auf und gingen sich aus dem Weg, weil auch Helmut Semler eine Lebensweisheit von seiner Familie mit auf den Weg bekommen hatte: »Wenn ein Peininger kommt, sei wachsam. Wenn er geht, zähl dein Geld nach.« Das hatte er ihm mal am Ende des Dorffestes, als der Morgen schon graute und sie beide kaum mehr stehen konnten, erzählt und dazu seine Hand zum Geldbeutel in der Gesäßtasche seiner Jeans geführt und den Inhalt wie ein Erbsenzähler überprüft.

Aber Theodor Peininger konnte es drehen und wenden, wie er wollte, Selma war für den Grill prädestiniert und so musste er dem Semler seine Show lassen. Nicht nur im Moment der Bekanntgabe, sondern auch auf dem Fest würde er das auskosten bis zum letzten Knochen seiner Kuh.

Vor einigen Jahren hatte die Lokalpresse Theodor Peininger einen zweispaltigen Bericht mit Foto gewidmet. Auf dem Foto prüfte er gerade das Gebiss einer Kuh mit verantwortungsvollem Blick und gelben Gummistiefeln an den kurzen Beinen. Foto und Bericht hingen seither in der Gaststube vom »Krug«. Regelmäßig säuberte Theodor die gläserne Oberfläche von Fliegenkacke, indem er auf sein gebügeltes Taschentuch spuckte und stolz die ockerfarbenen Punkte verschwinden ließ.

In dem Artikel war unter anderem zu lesen: »Mit Akribie wählt der Kaltenfelder Wirt Peininger die Kuh aus, die vierhundert Menschen satt machen wird. Siebenhundert Kilo wiegt die Kuh, bevor sie geschlachtet wird. Am Spieß bleiben rund vierhundertfünfzig Kilo an Fleisch und Knochen übrig. Mit einer ausgefeilten Technik gelingt es Peininger, die Kuh auf den

Spieß zu bringen und über dem Feuer zu grillen. ›Feuer braucht Aufmerksamkeit‹, sagt Peininger und erklärt, warum er vierundzwanzig Stunden lang bei dem Feuer und der Kuh bleibt: ›Die Temperatur muss immer so sein, dass nichts verbrennt und es trotzdem bis in Innere reicht.‹«

Selma folgte ihrem Schlächter über den Hof in die Scheune, wo Theodor Peininger alles vorbereitet hatte. Er führte sie zu einem Wassertrog, ließ sie trinken, streichelte sie über ihren Schwanzansatz, was ihr ein wohliges Muhen entlockte. Ihre Entspannung nutze er, um einen Strick um ihre Hinterbeine zu legen. Er überprüfte die Qualität des Strickes, indem er die rauen Stränge zwischen seinen Händen anspannte und wieder losließ und führte das Ende in einen Haken ein, der dafür sorgen würde, dass Selma nach ihrer Betäubung sanft an den Hinterbeinen nach oben gezogen werden konnte. Theodor Peininger griff das Bolzenschussgerät, mit dem er das Betäuben der Rinder von seinem Vater mit zwölf Jahren gelernt hatte. Obwohl er einen routinierten Ablauf vor sich hatte, nahm er in seinem Bauch dasselbe wahr wie früher vor einer Klassenarbeit in der Schule. Und er versuchte, Selma nicht in die Augen zu schauen. Das Tier hatte Vertrauen zu ihm und ließ sich gerne von ihm kraulen. Er nutzte ihr Vertrauen, setzte das Bolzenschussgerät auf ihrer Stirn an der richtigen Stelle an und drückte ab. Sofort brach Selma zusammen, verlor die Körperspannung und über die Seilwinde wurde sie an den Hinterbeinen aufgehängt. Die Augen geöffnet, leichte, unkontrollierte Zuckungen der Vorderbeine, alles normal. Er hatte nach den Vorgaben sechzig Sekunden Zeit, um ihr den tödlichen Stich beizufügen, der das Ausbluten zur Folge hatte. Mit dem Fuß schob er eine Wanne unter Selma, spürte mit der linken Hand nach dem Herzschlag und durchtrennte mit dem Hohlstechmesser die Hauptarterien in Herznähe. Dick, warm und schwarz rann das Blut über seine Hand in die bereitgestellte Schüssel. Theodor Peininger sah Selma in die Augen, er konnte keinen Schmerz sehen, keine Regung. Nur das Leben wich nach und nach aus ihr und die Atmung wurde flacher.

An einem Brett mit aufgeschraubtem Haken hingen ein schwarzer Gummischurz und schwarze Gummihandschuhe, die bis zu den Ellenbogen reichten. Er band sich den Schurz um, stieg in seine gelben Gummistiefel, suchte aus einer Auswahl von Musikkassetten eine aus, auf der eine Mädchenhand geschrieben hatte: »Für Theo, deutsche Lovesongs«. Mit dem Daumen strich er kurz über die zwei darauf verblassten Herzen und schob die Kassette in seinen ersten Kassettenrekorder ein, den er sich damals von seinem Konfirmationsgeld gekauft hatte. Der schwarze Gummidaumen drückte auf die Playtaste, schaute auf die aufgehängten Messer an der Wand und wählte das Häutemesser zum Öffnen von Selma aus, während Klaus Lage »Tausend mal berührt, tausendmal ist nichts passiert« röhrte. Theodor Peininger stimmte mit Klaus Lage ein Duett an, während er mit geübten Schnitten die Haut vorschnitt, um Selma im Anschluss besser häuten und ihre Innereinen entnehmen zu können. Bei jedem Schnitt trat ihm die Wärme und der Duft des weichenden Lebens entgegen. In vier Stunden war sie bereit für den Grill und Theodor für ein kellerkühles Pils.

PARADIES

Als Theodora Wengertsmann verstarb, schloss das »Paradies« auf ewig seine Pforten. Denn Theodora Wengertsmann wachte über das »Paradies«. In unserem Dorf gab es nur einen Laden. Das »Paradies«. Vor dem »Paradies« floss ein Bach und zu den einzelnen Fachwerkhäusern entlang der Straße gelangte man nur über Stege.

Wer sich über den Steg wagte und sich traute, den gusseisernen Türgriff in Form eines Huhns zu drücken und die Tür mit einem Quietschen zu öffnen, löste eine scheppernde Glocke aus. Im »Paradies« selbst gab es allerlei für den Hausgebrauch zu kaufen: einzelne Knöpfe, Stoffe am laufenden Meter, Waschmittel, Streichhölzer, Essig, Öl und Seifen.

Die Glühbirne, die von der Decke hing, reichte nie, um dem Raum Helligkeit zu schenken und auf der Fliegenfalle kämpften immer Fliegen um ihr Leben. Die Waren waren in dunklen Regalen ausgelegt und direkt gegenüber der Eingangstür war ein Tresen aufgebaut, auf dem sich unser Ziel befand. Eine Reihe bauchiger Gläser, mit Süßigkeiten gefüllt. Brausestäbchen mit Cola-Geschmack, Gummibärenschlangen oder Bonbons in Form von Himbeeren, Zitronen oder Orangen, oder vieles mehr, was den Ort für uns Kinder zum »Paradies« machte. Später fanden sich in der Auslage alle gängigen Schokoriegel und Chipstüten. Nur bis zum Tresen war es ein weiter Weg. Denn Theodora Wengertsmann hütete die Früchte des »Paradies« wie ihren Augapfel und lächelte nie. Wer sich also traute, die Tür zu öffnen und beim Klang der Glocke nicht den Boden unter den Füßen verlor, konnte hören, wie in der Etage über dem Laden ein Stuhl vom Tisch gerückt wurde, Theodora Wengertsmann mit einem Stöhnen aufstand und sich in Bewegung setzte. Bei jedem ihrer Schritte rieselte Staub durch die Dielenbretter an der Decke, denn ihr Körper war massig und eines ihrer Beine von Kindheit an verklumpt. Sie trug Schwarz seit dem Tod ihres Mannes vor langer Zeit und lebte allein in ihrem Haus. Ihr dünnes Haar war zu einem Dutt zusammengebunden und auf ihrer Nase saß eine kleine Brille mit kreisrunden Gläsern. Aufgrund besagter Verletzung im Kindesalter – manche sagten, sie hätte die Verletzung durch einen Blindgänger aus Zeiten des Kriegs, andere behaupteten, es wäre eine Behinderung von Geburt an – hinkte sie. Über ihrer schwarzen Kleidung trug sie einen schwarzen Kleiderschurz und war sommers wie winters immer kurzärmelig und hatte Schweißperlen auf ihrer Stirn.

Sie war schon alt, als ich zum ersten Mal das »Paradies« betrat.

Wenn sie den Laden erreichte, stellte sie sich hinter den Tresen, stützte sich mit beiden Händen ab, beugte sich nach vorne und schaute einem aus wässerigen Augen mit hellblauen Pupillen direkt ins Gesicht, um eher mit einem Grollen als mit einer Stimme zu fragen: »Was darfs sein, Kleiner?« Meine Freundin Katharina behauptete bis heute, dass sie es an manchen Tagen aus ihrer Nase hat rauchen sehen.

Theodora Wengertsmann war 93 Jahre alt, als sie verstarb. Bis zum Tage ihres Todes hat sie täglich ihren Laden geöffnet und Kindern das Leben versüßt. Einmal lag sie nach einer schweren Darmoperation im Krankenhaus und die Ärzte wollten sie anschließend auf eine Kur zur Erholung schicken. Die Legenden sind unterschiedlich, die darüber im Dorf erzählt wurden, aber im Ergebnis sind sie gleich: »Es sind Sommerferien, die Enkelkinder fallen im Dorf ein, das Geschäft muss ich mitnehmen.« Pünktlich zum Beginn der Sommerferien stand Theodora Wengertsmann hinter dem Tresen und packte Brausestäbchen und Gummibärenschlangen und Colalollis in Papiertüten und kassierte ohne zu lächeln ab.

Ich erinnere mich, dass Theodora Wengertsmann die erste Leiche war, die ich sah.

»Die Theodora muss zum Fenster raus«, rief mir Katharina aufgeregt entgegen, als sie mich wie ausgemacht zum Baden abholen wollte. Ihr Vater war Schreinermeister und Bestatter in einem. »Jeder aus dem Dorf liegt irgendwann bei uns im Keller«, hatte Katharina mir erzählt. Sie hatte einen heimlichen Platz hinter einer Wand in der Werkstatt des Vaters, von wo aus sie ihm bei der »Leichenwäsche« und dem »Einsargen« zusah und mir am nächsten Tag eindrücklich auf dem Weg zur Schule von ihren Beobachtungen berichtete.

Wir fuhren mit unseren Fahrrädern zum Haus der Theodora Wengertsmann. Bereits beim Einbiegen in die Straße war klar, dass alle wussten, dass Theodora Wengertsmann zum Fenster hinausmusste. Aus jedem Haus war einer da. Sie standen in Gruppen zusammen, blickten nach oben, gestikulierten mit ihren Händen, nickten oder schüttelten den Kopf.

Die Feuerwehr hatte über den Bach die Leiter im ersten Stock am Fenster angelegt, aus dem Fenster schaute Katharinas Vater und gab Anweisungen.

»Weder im Sarg noch im Tuch bringen wir die um Ecke am Ende der Treppe, die muss zum Fenster raus.« Er wischte sich mit einem Stofftaschentuch den Schweiß von der Stirn und schaute ein wenig ratlos. »Ich brauche innen vier Mann und ihr auf der Leiter müsst sie dann nach unten tragen.« Der Feuerwehrkommandant Rudi Pichler schüttelte den Kopf: »Kannste vergessen, die ist viel zu schwer für zwei Mann auf der Leiter.« Er nahm seine Mütze ab, kratzte sich an der Stirn und rief: »Wir nehmen den alten Haken oben am Giebel des Hauses – wie ein Seilkran. Du bereitest sie vor und wir schaukeln sie nach unten. Können wir schon mal fürs Niederlassen ins Grab üben.«

Tatsächlich wurde es so gemacht.

Katharinas Vater bereitete im Haus alles vor. Theodora Wengertsmann wurde in einem Tuch verpackt, das an in jeder Ecke eine Öse hatte, durch die ein Seil gezogen wurde. Das Seil wurde über ihrer Körpermitte von einem Haken gehalten, der über den Seilkran am Giebel befestigt war. Rudi Pichler gab die Kommandos und Theodora Wengertsmann wurde mit den Füßen voran aus dem Fenster geschoben, schwebte in der Nachmittagssonne und war eingepackt wie eine ägyptische Mumie. Nur ihr Gesicht war frei, die Brille blitzte auf im Sonnenlicht. Als sie nach und nach in die Tiefe gelassen wurde, griff Katharina nach meiner Hand und ich konnte einen Blick auf Theodora Wengertsmanns Gesicht werfen. Die Augen waren zu und es schien so, als ob ein leichtes Lächeln auf ihren Lippen zu erkennen war.

Die Feuerwehrmänner ließen sie direkt in den Kiefernsarg, den Katharinas Vater auf seinem Anhänger vorbereitet hatte. Als sie im Sarg niedergelassen wurde, ging der Anhänger mit einem Ächzen in die Knie. Die Anwesenden klatschen wie nach der Landung mit einem Flugzeug.

»Komm, wir gehen zum See«, sagte Katharina und ließ meine Hand los. Als ich mich aufs Fahrrad setzte, konnte ich aus dem Augenwinkel noch sehen, wie die Feuermehrmänner und Katharinas Vater sich mit einem Bier zuprosteten und die anderen sich wieder auf ihre Wege machten.

Nach der ersten Runde Schwimmen legten wir uns auf unsere Handtücher.

»Schau mal, was ich habe!« Katharina präsentierte eine jener Papiertüten aus dem »Paradies«. Die Köpfe zweier Gummibärenschlangen hingen über den Tütenrand und mehrere Brausestäbchen ließen sich erahnen. »Hab ich gestern noch bei ihr gekauft und heute ist sie tot.«

»Können wir die trotzdem essen?«, fragte ich.

»Klar. Nur weil sie tot ist, schmecken die doch trotzdem.« Katharina nahm die grünrote Schlange aus der Tüte, zog sie so lange in die Länge, bis sie auseinanderriss.

»Kopf oder Schwanz?«, fragte sie.

»Kopf«, sagte ich und Katharina gab mir die Kopfhälfte.

Vom See drang das Geschrei von ballspielenden Kindern zu uns und ein paar Vögel lauerten darauf, irgendwo etwas zum Essen zu erbeuten.

»Wie ist das, tot sein?«, fragte ich Katharina und kaute auf dem Kopf der Schlange und zog den Rest zwischen meinen Fingern durch.

»Weiß nicht.« Katharina schwang ihren Teil der Schlange wie ein Seil über ihrem Kopf. »Weh tut es nicht, das habe ich getestet, als mein Hamster tot war. Der hat auf gar nichts mehr reagiert.«

»Habt ihr das von der alten Theodora gehört?« Frank aus dem Nachbardorf hatte sich vor unseren Handtüchern hingestellt, den Fuß auf einem Ball und die Hände in die Seiten gestützt.

»Gehört und alles gesehen«, sagte Katharina. »Du stehst in der Sonne. Geh weiter!« fügte sie hinzu und bewegte ihre Hand, als wollte sie eine Fliege verscheuchen.

»Geh eh lieber kicken, als hier dumm rumzuliegen«, sagte Frank und spielte den Ball zwischen seinen Füßen hin und her, als er weiterging.

»Ich glaube, irgendwas von uns lebt weiter, wenn wir tot sind«, sagte ich zu Katharina und zog meine restliche Schlange auseinander, bis sie riss.

»Mein Vater sagt: Ich habe bei jedem Toten genau hingeschaut. Da lebt nichts mehr. Und eine Seele oder so etwas ist da auch noch nie nicht zur Nase herausgekommen«, antwortete Katharina und blickte in die Papiertüte aus dem »Paradies« um ein Brausestäbchen herauszufischen. »Wie die im Mund prickeln, ist der Hammer.«

»Ich glaub es trotzdem. Im Himmel ist es irgendwo so wie im »Paradies«, nur mit einer Theodora, die lächelt und alles ist kostenlos und Süßigkeiten essen ist gesund.«

»Das glaubst du doch selbst nicht!« Katharina lachte und biss das Brausestäbchen durch. »Hier, für dich, das ist das Paradies.«

Sie griff nach meiner Hand, zog mich hoch und sagte: »Komm, wir gehen baden.«

In der Nacht weckte mich das Geräusch von kleinen Steinen, die an mein Fenster geworfen wurden. Ich wischte mir den Schlaf aus den Augen, sah den Mond hell und klar am Himmel stehen und öffnete das Fenster.

»Komm schon, wir besuchen die Theodora, ich habe den Schlüssel von meinem Vater für die Leichenhalle.« Ich konnte die Freude in Katharinas Augen sehen, zog mir schnell etwas über und stieg aus dem Fenster.

Vom Dach über das Rosengitter konnte ich gut nach unten klettern, eine Dorne ritzte mir einen Kratzer in den Unterarm. Das Blut lief warm über die Haut und ich fing es mit einem Papiertaschentuch auf.

»Bist du bescheuert?«, fragte ich Katharina, als ich den Boden erreichte.

»Komm wir gehen, jetzt schauen wir mal, ob die wirklich tot ist.« Katharina nahm mich an der Hand und zog mich hinter sich her, ich hatte Mühe, mit ihr Schritt zu halten. Wir stiegen über den Gartenzaun, weil die Gartentür nur mit einem Quietschen zu öffnen war, das meine Mutter mit absoluter Sicherheit aus dem Schlaf gerissen hätte.

Katharina hielt kurz inne. »Hörst du das?«, fragte sie und wandte sich mit leicht ängstlichem Blick zu mir.

»Das ist mein Vater, der schnarcht.«

»Hört sich an wie ein wildes Tier«, sagte sie und bog auf den Kiesweg hinter der Hecke ein, der neben dem Bach herlief. Alle Geräusche kamen mir viel lauter vor als am Tag und ständig raschelte es in der Hecke. Nur das gleichmäßige Plätschern des Bachs beruhigte mich.

Unser Friedhof war um die Kirche herum. »Der Kirchhof«, wie ihn alle nannten. Hinter der Kirche, die ein wenig am Hang stand, war eine frisch angelegte Ebene mit einer Leichenhalle, die vor einem Jahr mit Freibier und Bratwurst eingeweiht worden war. Um den Kirchhof lief eine Mauer aus Natursteinen, die weitgehend von Efeu überwuchert war. Im Mondlicht schien die kleine Kirche viel größer auszusehen und mir war klar, dass wir nur über das verrostete Tor in den Kirchhof kommen konnten.

»Wie sollen wir denn über das Tor kommen? Das ist doch viel zu hoch«, sagte ich, als wir vor dem Tor stehen blieben.

»Schau mal, was ich habe!« Katharina holte zwei Schlüssel aus ihrer Hosentasche. Einen in der Länge von gut zehn Zentimetern, der zum Schloss im Tor passen musste, und einen normalen.

»Mein Vater hat beide Schlüssel, damit er die Särge in die Halle fahren kann!«

»Sollen wir wirklich rein gehen?«, frage ich und spürte, dass ich zu frieren begann.

»Warum nicht? Die, die auf dem Kirchhof liegen, feiern schon lange keine Feste mehr, sagt mein Opa immer.« Und so steckte sie den Schlüssel in das Schlüsselloch, bewegte ihn ein wenig hin und her und öffne das Tor einen Spalt und ging hindurch.

»Komm schon, jetzt schaun wir mal, ob die Theodora schon im Paradies ist oder noch lebt.« Ich folgte ihr über den Plattenweg um die Kirche herum bis vor die Leichenhalle.

»Leichenhalle! Was für ein großes Wort. Ich finde ja Leichengarage viel besser«, sagte Katharina. Sie hatte recht. Unsere Leichenhalle sah aus wie eine Doppelgarage. Sie hatte vorne auch zwei Garagentüren aus hellem braunem Holz, das erst frisch gestrichen worden war. Der Duft der Farbe lag noch in der Luft und an der Seite des Betongebäudes war eine normale Tür, die in den Innenraum führte.

Katharina versuchte schon den Schlüssel in das Schloss zu stecken, als ich ein gleichmäßiges Geräusch hörte, das von einer Maschine kommen musste.

»Hörst du das auch?«, fragte ich sie und legte meine Hand auf ihre.

»Hört sich an wie unser Kühlschrank zuhause, die kühlen die Theodora, damit sie schön frisch bleibt, bis zu ihrer Beerdigung«, sagte Katharina. »Da wird die frischgehalten und dann verwest sie doch. Schon komisch.« Und so öffnete sie die Tür und tastete nach dem Lichtschalter.

Die Neonröhre flackerte und nach ein paar Sekunden leuchtete sie mit einem grellen Licht den Raum aus. In der Mitte des Raums stand der Sarg und in ihm ruhte Theodora Wengertsmann. Der Sargdeckel lehnte an der Wand. Am Ende des Sargs, am Kopfende, standen zwei Kerzenständer und am Fußende stand bereits ein Kranz mit Sommerblumen.

Sie sah besser aus als zu Lebzeiten. Ihre Lippen waren rot, die Haut hell und ihr Haar glänzte. Sie hatte schwarze Kleidung an und ihre Hände waren wie zum Gebet gefaltet. Die Hände erinnerten mich im Aussehen an die Hände der Lieblingspuppe meiner kleinen Schwester. Nur die Fingernägel hatten einen bläulichen Ton.

Katharina hob den Zeigefinger vor die Lippen. »Hörst du was? Gerade habe ich gedacht, die atmet.«

Ich richtete meinen Blick auf den großen Brustkorb von Theodora Wengertsmann und je länger ich schaute, desto mehr hatte ich den Eindruck, er bewegte sich, ganz wenig nur, aber eben doch.

Katharina beugte sich über Theodora Wengertsmann, legte ihr Ohr unter die Nase. »Da ist nichts mehr.« Und schaute ihr auch noch gleich in die Nasenlöcher. »Kein Rauch mehr. Aus die Maus.«

Sie strich ihr mit der Hand über die Stirn.

»Kalt und hart. Da ist kein Leben mehr drin«, stellte Katharina fest.

»Vielleicht lebt ja nur die Seele weiter und die ist schon weg«, sagte ich und stellte mich neben Katharina, um besser auf die Leiche sehen zu können.

»Was soll das sein, eine Seele?«, fragte sie.

»Naja, irgendwie das, was uns lebendig macht«, antwortete ich. »Die sieht ja ganz anders aus als früher. Tot eben. Was ihr fehlt, ist die Seele.«

»Und wo soll die jetzt sein?«

»Im Himmel, sagt meine Oma, sind die Seelen. Irgendwo da oben.«

»Wenn ich mal in Himmel komme, will ich auf keinen Fall alle wiedersehen, die ich jetzt sehe«, sagte Katharina. »Stell dir mal vor, da läuft dir Herr Matjes wieder über den Weg.«

Sie verzog das Gesicht, um deutlich zu machen, wie unangenehm ihr Begegnungen mit Herrn Matjes, unserem Geschichtslehrer, waren.

»Weiß ich doch nicht, ob so eine Seele nach dem Tod noch sehen kann. Die Theodora hat ja noch ihre Augen drin«, sagte ich und zeigte auf die geschlossenen Lider, hinter denen sich deutlich der Augapfel abzeichnete.

»Jetzt mach schon, berühr mal die Hände von ihr«, forderte Katharina mich auf.

»Ich berühr keine Toten. Da kann ich mich ja gleich vergiften. Noch nie was von Leichengift gehört?«

Ich wollte gerade zu einer Erzählung ansetzten, wie mir der Förster Harry Klein im Wald erklärt hat, dass Tiere nicht aus dem Bach trinken, wenn weiter oben ein totes Tier im Wasser liegt, damit sie sich nicht vergiften, als Katharina meine Hand nahm und auf die Hand von Theodora Wengertsmann legte.

»Spürst du den Unterschied? Ich lebe und sie ist tot. Und mach den Mund zu!«

Ich machte den Mund zu und spürte die Wärme, die aus Katharinas Hand in meine Hand floss. Sie hat schon oft meine Hand genommen. Aber Wärme ist da noch nie geflossen. Das war heute das erste Mal. Sogar die Hand von Theodora Wengertsmann wurde unter meiner Hand warm. Vielleicht kehrte so Leben in sie zurück? Fließende Wärme, welche die Kraft hat, Tote wieder zum Leben zu bringen.

Ich verfolgte mit meinen Augen den Fluss der Wärme. Von unseren Händen über das Handgelenk von Theodora Wengertsmann, das ein goldenes Armband schmückte, über ihren faltigen Unterarm hoch zu ihrem Bizeps, der gut versteckt war, über die Schulter zum Hals bis zu den Augen. Aber alles war wie vorher. Nur in mir floss die Wärme wie noch nie und ich musste Katharina anschauen. Die hatte die Augen geschlossen und beide Hände lagen auf meinen. Es war so, als ob sie ihre ganze Wärme abgab und ich küsste sie auf ihre Wange. Das unterbrach den Fluss der Wärme. Sie öffnete die Augen und nahm ihre Hände von meinen, schaute mich und sagte: »Spinnst du? Doch nicht auf die Wange!«

Sie drehte ihren Kopf zu mir und drückte ihre Lippen auf die meinen und alles, was ich vorher über Wärme gedacht hatte, war viel zu wenig im Vergleich zu der Energie, die jetzt durch meinen Körper floss. Ich hielt mich am Sarg fest und verlor das Gleichgewicht, kippte nach vorne, ruderte mit den Händen und lag auf einen Schlag direkt auf Theodora Wengertsmann. Sie war hart wie Stein.

»Du musst dich schon entscheiden, sie oder ich«, sagte Katharina und wischte sich mit der Handfläche den Mund ab. »Fürs erste Mal gar nicht so schlecht.«

Sie nickte anerkennend, streckte ihre Hand aus. »Komm schon, es wird hell, wir müssen nachhause.« Erst als sie es aussprach, sah ich, wie durch die zwei schmalen Fenster unter der Decke der Leichenhalle die ersten Sonnenstrahlen drangen und sich mit dem Neonlicht vermischten. Die Vögel begannen zu singen, Katharina streckte sich, so dass ihr T-Shirt über ihren Bauchnabel rutschte und ich wieder die Wärme in mir spürte.

»Hol mich nachmittags ab, dann gehen wir zum See. Ich muss jetzt erstmal schlafen«, sagte Katharina und schloss die Tür hinter uns zu. Wir hielten uns den ganzen Weg zurück bis zu mir nach Hause an der Hand. Es war ein Morgen wie immer und doch war alles anders.

WAS ALLES VERSCHWUNDEN IST

Aufgewühlt setzt er sich auf die Bank. Er blickt über den Fluss, der im Sommer nur wenig Wasser führt. Braungrünes Wasser. Kleine, graue Inseln haben sich gebildet, auf denen ein Fischreiher auf Beute lauert. Die Sonne steht am Himmel und brennt erbarmungslos auf alles nieder.

Auf der anderen Seite des Flusses sieht er die mittelalterliche Stadtansicht, wie für eine Postkarte herausgeputzt: Stadtmauer mit Wachtürmen, dahinter Fachwerkhäuser, das alte Rathaus prägen das Stadtbild und werden nur noch vom Turm der Kirche überragt. Perfekter blauer Himmel und im Hintergrund die Weinberge, die lange Jahre die Lebensgrundlage vieler Menschen im Ort waren.

Wein und Salz waren die wirtschaftlichen Quellen, die schon im Mittelalter den Reichtum haben sprudeln lasse. Die Kelterei steht zum Verkauf, hat er auf dem Weg durch den Ort gelesen. Ein Investor wird gesucht, der aus dem Areal Wohnungen entstehen lässt.

Wer will hier schon wohnen?

Nach 20 Jahren ist er in seinen Heimatort zurückgekehrt. Nach dem Abitur hatte er seinen Rucksack gepackt, war mit dem Zug durch Europa gereist, hatte auf Bahnhöfen übernachtet und sich vor Gewitter in Bushaltestellen geflüchtet. Er war ins Studium aufgebrochen, raus aus allem Alten. Einfach weg, weil Wegkommen das Schwierigste hier war. Der letzte Bus fuhr Samstagvormittag und in den Ferien fuhr keiner. Bei einem Konzern hat er begonnen, für den er wichtige Geschäfte in Dubai, China, Russland und den USA abgeschlossen hat.

Sein Leben vollzog sich jetzt in Business-Class und Businessanzügen. Geschäftsessen waren sein Alltag, für eine Familie hatte er keine Zeit, keine Nerven, keine Lust. Unabhängig in der Welt unterwegs sein, heute hier und morgen da und dabei Geld zu machen, ist für ihn Freiheit. So sieht für ihn der moderne Marlboroman aus, statt am Lagerfeuer genießt er das Ende seines Arbeitstages in irgendeinem Hotel mit einem guten Essen und dem ein und anderen Drink. Wenn überhaupt, dann Zigarren.

Anfangs hat ihn das weihnachtliche Familienfest noch zurück ins elterliche Haus gezogen, aber seit dem Tod der Mutter vor 20 Jahren hat er seinen Heimatort nicht mehr betreten. Das Haus wurde verkauft, mit den Geschwistern hat er keinen Kontakt. Seinen Vater hat er nicht gekannt, der hat sich nach seiner Geburt aus dem Staub gemacht. Die Mutter ist an Krebs erkrankt und verstorben, sodass er im Alter von 35 Jahren ohne weitere Verpflichtungen weiter rund um den Globus fliegen, arbeiten, Erfolg haben konnte. Besonderen beruflichen Erfolg hatte er im arabischen Raum, was ihm in der Belegschaft den Titel »Peter, der weiße Araber« eingebracht hat. Es freute ihn, wenn er so anderen vorgestellt wurde und in deren Stimme die Ehrfurcht und der Respekt deutlich zu hören waren.

»Durch notwendige Umstrukturierungsmaßnahmen und Steigerung der Effizienz in den betrieblichen Abläufen und aufgrund von Verlusten bei den Anteilen auf dem Weltmarkt sehen wir uns leider gezwungen, unsere Belegschaft zu reduzieren.« Nach dem Erhalt des Schreibens machten die Vorstände ihm noch ein Angebot mit einer Abfindung, die er nicht ablehnen konnte, und so ist er jetzt Peter, der Frührentner mit 55 Jahren. Auf der ganzen Welt daheim und ohne Ort. Seine Wohnung in Frankfurt am Main langweilt ihn, sie war nie fürs Wohnen gedacht. Sie war Umsteige zwischen zwei Aufträgen und geschickt gelegen, um sich in die ganze Welt aufzumachen.

Vor wenigen Tagen hat er ein Schreiben der Stadtverwaltung seines Heimatortes erhalten. Dunkel konnte er sich erinnern, dass er damals – beim Tod der Mutter – überall als Ansprechpartner eingetragen wurde, weil er ja in den Augen seiner Geschwister die Zeit und auch das nötige Geld hatte, um alles zu regeln. »Die Laufzeit für das Grab ihrer Eltern ist abgelaufen. Sie werden gebeten, alles in die Wege zu leiten, um das Grab aufzulösen.« Da er nichts mit sich anzufangen wusste, hat er sich dazu entschieden, mit seinem Cabrio über Land zu fahren, erst den Main entlang und dann am kleinen Fluss weiter, der ihn direkt in seinen Heimatort führt. Zunächst wollte er sich ein Bild von der Lage auf dem Friedhof machen, bevor er beim Termin mit der Stadtverwaltung alles andere klären würde.

Der Friedhof liegt außerhalb der Stadtmauern, auf der anderen Seite des Flusses. Er musste die »Hauptstraße« entlang fahren, die den Ort halbierte. Hauptstraße war für ihn eine weit übertriebene Bezeichnung, schon in seiner Jugendzeit konnte er die Straße überqueren, ohne nach links und rechts zu schauen. Aber beim Fahren durch die Stadt erkannte er den Leerstand in den Läden und suchte vergeblich den roten Kaugummiautomaten an der Ecke des Schuhladens, bei dem er sich früher für zehn Pfennig auf dem Schulweg einen Kaugummi »gedreht« hatte. Auch die Telefonzelle vor der – jetzt ehemaligen – Post war weg. Erst war es ein Münzfernsprecher gewesen, dann ein Kartentelefon, von dem aus er die Gespräche geführt hat, die er vom Telefon im Flur zuhause nicht führen wollte, weil seine Mutter immer nebendran saß und Handarbeiten machte, oder seine nervigen Geschwister ihn alle fünf Minuten daran erinnerten, dass sie auch noch telefonieren wollten und dass er schließlich das Telefon nicht gepachtet habe.

In der dritten Klasse hatten sie im Garten eines Freundes zu viert gezeltet und er hatte Alexandra die ganze Nacht an der Hand gehalten. In dem kleinen Spielzeug- und Süßigkeitenladen, in dem er für Alexandra nach der gemeinsamen Nacht ein Puzzle mit der Aufschrift »Liebe ist, sich nachts die Hand zu halten ...« gekauft hatte, waren jetzt eine kleine Spielothek und eine Dönerbude.

Die Brücke über den Fluss war mit Geranienkästen geschmückt, die jetzt im Hochsommer in ihrer vollen Blüte standen. Er parkte vor dem Friedhof und öffnete das gusseiserne Tor, das sich nur mit einem kräftigen Ruck öffnen ließ. An manchen Stellen bröckelte der Lack ab.

Ihm fiel gleich wieder der Weg zum Grab seiner Mutter ein. Auf dem zentralen Weg, parallel zum Fluss, war es gleich in der ersten Reihe zwischen dem ehemaligen Bürgermeister Huber und der einarmigen Hilde. Wenn man vor dem Grab stand, blickte man über die Friedhofsmauer auf den Fluss und das Stadtpanorama. Der weiße Grabstein hatte sich damals schon von allen anderen abgehoben. Der Wind ließ die Birken rauschen und machte die Hitze erträglich. Den Namen der Mutter dort zu lesen und zu wissen, dass der beauftragte Gärtner sein Geld wert war, gab ihm ein ruhiges Gefühl. Beim Tod der Mutter war er gerade in den Vereinigten Arabischen Emiraten gewesen, um dort den besten

Abschluss seines Lebens zu erzielen, zu der Beerdigung hatte er es dann zwischen zwei Terminen geschafft.

Am Grab kehrten, wie schon bei der Fahrt durch den Ort, Erinnerungen aus seiner Kindheit und Jugend in seinen Kopf zurück. Es war, als wäre eine Türe geöffnet worden, und was sich dahinter angestaut und verborgen hatte, konnte endlich ins Freie. Wie überflutet fühlte sich das an, nicht kontrollierbar. Bilder tauchten auf vom gemeinsamen Abendessen in der Familie, von der sparsamen Mutter, die nichts verkommen ließ, die jedes Essen so oft aufwärmte, bis es endlich gegessen war, aus den Prospekten die Sonderangebote ausschnitt und lieber in fünf Läden einkaufen ging, um Geld zu sparen. Es hatte einmal einen Monat lang nur gedünstete Zwiebeln und Brot zu Mittag und zu Abend gegeben. Selbst der Geruch, der ihn beim Öffnen der Haustür zuverlässig ampfangen hatte, war wieder da, wie auch die Erinnerung an den verschossenen Elfmeter in der B-Jugend im Pokalhalbfinale und an Sandras Vater, den Alkoholiker, den sie mal beim Spielen auf dem Dachboden völlig betrunken zwischen ausgebreiteten Sexheftchten gefunden hatten. Auch die Schmerzen nach dem ersten Weinfest fielen ihm wieder ein, als ihm auf dem Heimweg die Straße ins Gesicht gefallen war, was eine gebrochene Nase zur Folge hatte. Die Mutter stand schweigend vor ihm, würdigte ihn keines Blicks und stellte ihm am nächsten Morgen einen Kaffee auf den Frühstückstisch und legte ihre schwere Hand auf seine Schulter: »Du kommst nie mehr betrunken nach Hause!«

Mit der Flut der Bilder sprudelten all die Sätze an sein Ohr, die sich von ihr tief in seine Seele eingebrannt hatten. »Was wohl die Nachbarn denken. Hab ich dich großgezogen und bin doch nur allein. Geld macht nicht glücklich. Vergiss nie, wo du herkommst. Das letzte Hemd hat keine Taschen. Aus nichts etwas zu kochen ist eine Kunst. Du würdest in einer Krise gar nicht überleben, weil du gar nicht weißt, wo der Herd angeht.«

Auch Markus wurde durch die Tür geschwemmt. Er sah ihn so klar, als ob er vor ihm stehen würde. Nur keine 55 Jahre alt, denn so alt wäre Markus jetzt, sondern immer noch 22 Jahre, der blonde Flaum auf der Oberlippe, der glänzende Ohrring, den er sich selbst gestochen hatte, damals auf dem Weinfest bei einer Wette, Jeanshose und seine Jeansjacke, die er immer angehabt hatte, sommers wie winters, Cowboystiefel und die langen Haare hinten zu einem Zopf zusammengebunden, aus der Brusttasche ragte eine zerknitterte Schachtel Zigaretten und an seiner rechten Hand war die durch das Nikotin herbeigeführte gelbliche Verfärbung deutlich zu sehen. Markus war der einzige, mit dem er auch während des Studium noch Kontakt hatte, obwohl er immer im Heimatort geblieben und seinem Beruf als Heizungsinstallateur mit Freude nachgegangen war.

Sein Grab musste doch auch irgendwo hier sein. Er hatte ihn doch mit zu Grabe getragen. Peter ließ seinen Kopf über den Friedhof wandern, versuchte sich zu erinnern, an den Weg, wie er sie ihren Freund im Sarg getragen hatten und es fiel ihm wieder ein. Schnell verließ er das Grab seiner Mutter, zielsicher ging über die Platten und bog am Kriegerdenkmal rechts ab entlang der Urnengräber untern den Kastanien hindurch, um dann vor einer Rasenfläche stehen zu bleiben. Hier musste es doch sein, hier hat er doch gestanden, mit den anderen drei ihn ins Grab gelassen. Peter ließ seinen Blick kreisen und sah, wie eine Frau auf einem benachbarten Grab einen verblühten Strauß gegen einen neuen austauschte. »Ist hier nicht das Grab von Markus Flink?«, fragte Peter. Die Frau zupfte ein wenig den Strauß zurecht, und ohne aufzublicken sagte sie: »Seine Eltern haben es letztes Jahr aufgelöst.«

Danach hat er sich auf die Bank gesetzt und Markus gleich mit ihm. Er ist ihm so nahe wie damals bei seinem letzten Besuch in Würzburg, wo Peter studiert hat. Sie hatten das Weinfest besucht, sich auch an den alten Geschichten berauscht, den Mädchen hinterhergesehen und auf der Mainbrücke so lange über Gott und die Welt geredet, bis es wieder hell wurde. Sie haben sich verstanden, obwohl sie in ganz anderen Welten lebten. Sie schätzten das am anderen, was der andere nicht hatte, und sie konnten sich bedingungslos aufeinander verlassen. Hinter dem Friedhof führt die Bundesstraße entlang und der Feierabendverkehr dringt an sein Ohr. Er hört, wie ein Motorrad lautstark beschleunigt. Die Sonne hat schon an Kraft verloren. Dass es bald Herbst wird, ist deutlich in der Luft zu spüren. Ein dürres Blatt liegt vor ihm auf dem Boden.

ALLES IN ORDNUNG

Die Treppenstufen knarzten unter seinen Füßen. Die Wohnung lag unmittelbar über dem Laden, den er mit einer dampfenden Tasse Kräutertee in der Hand betrat. Es dämmerte, die Schwester war mit den Hunden unterwegs. Die Leuchtstoffröhren summten kurz und flackerten, bevor sie ihr Licht verbreiteten. Es roch nach Maschinenöl und Metall. Auf Motorsägen und Bohrmaschinen waren sie spezialisiert. Alles, was nötig war, um einen Baum zu fällen, ihn zu zerlegen und zu spalten, fand sich in ihrem Laden. Äxte in allen Größen, Keile aus Metall und Plastik, Kombischraubschlüssel, Schwertnutreiniger, Stammwender und Nylonstarterschnur waren im Verkaufsraum aufgebaut und in den Regalen alphabetisch zu finden. Sobald er oder seine Schwester den Laden betraten, machten sie das Radio an und ließen es bis zum Feierabend laufen.

Sein Tisch stand im hinteren Teil des Ladens zwischen Schrauben aller Art und einer Auswahl von Sägen und Äxten. Auf einem karierten Tuch hatte er gestern schon alles hergerichtet. Er setzte sich auf den Drehhocker, nahm einen Schluck Tee, stellte die Tasse rechts neben das Tuch, stellte mit der Hydraulik die richtige Sitzhöhe ein, überprüfte diese. Sie war genau dann richtig eingestellt, wenn Unterschenkel und Oberschenkel einen rechten Winkel bildeten und seine Arme gut fünf Zentimeter über der Tischplatte waren. Aus der Innentasche seines Arbeitskittels holte er seine Nickelbrille, setzte sie auf und strich sich mit der Hand durch seinen langen roten Bart, der seit ein paar Wochen vor sich hinwuchs. Er streckte seine Arme etwas nach vorne, bewegte seine Hände wie ein Klavierspieler bei Trockenübungen und rieb sich die Handflächen, bis sie die nötige Temperatur hatten. Mit der Linken richtete er sich die verstellbare Schreibtischlampe so ein wie ein Zahnarzt über dem geöffneten Mund seines Patienten. Die Heizung klopfte, draußen fuhr der erste Zug vorbei. Er spürte die Erschütterung in den Beinen und hörte, wie die dünnen Fensterscheiben vibrierten.

Seine Schwester müsste bald zurück sein. Er hoffte, dass sie vor dem ersten Kunden wieder da war. Ungestört an einer Aufgabe zu tüfteln, das war ihm am liebsten.

Vor ihm lag ein Steckschloss, das klemmte. Neben dem Schloss hatte er gestern Abend alle eventuell notwendigen Werkzeuge und Utensilien bereitgelegt. Bevor der Laden um 8 Uhr öffnete, hatte er die für Reparaturen nötige Ruhe. »Andi, kannst du das bis morgen machen?« Alle nannten ihn Andi. Wenn er durch die Gassen der Stadt lief, um die eine oder andere Erledigung zu machen: »Wie geht's, Andi?«, «Was darfs sein, Andi?«, »Wie immer, Andi? – und schönen Gruß an die Vroni.«

Vroni, das war Veronika, seine große Schwester. Im Haus der verstorbenen Eltern lebten sie und betrieben den Laden weiter. Landmaschinenschlosserin hatte sie gelernt, die erste weit und breit. Er hatte nichts gelernt, aber er konnte alles, was im Laden nötig war. Er vermied lange Gespräche und mochte das Gefühl, die Ladentür wieder hinter sich zu schließen.

Zuerst überprüfte er das Steckschloss auf mögliche Schäden von außen, hielt es vor sein rechtes Auge, kniff das linke zu und polierte ein wenig mit einem Tuch über das feine Metall. Da er mit dem Daumen die Falle nicht gut bewegen konnte, legte er es wieder auf das Wolltuch und nahm den Kreuzschlitzschraubenzieher. Eine der zwei Schrauben des Schließblechs ließ sich gut lösen. Die andere leistete Widerstand. Er rückte seine Brille hoch auf seine beginnende Glatze, zog die Lupe aus ihrem Lederetui und hielt sie direkt über die zweite Schraube. Kleine, feine Kratzer zeigten ihm, dass da schon vor ihm jemand versucht hatte, die Schraube zu lösen und den Schraubkopf dabei so verletzt hatte, dass sein Schraubenzieher nicht mehr richtig griff.

Er zerlegte gerne Dinge in Einzelteile und war froh, wenn sie dann lange hielten. Er fuhr ein Fahrrad der Marke Adler, mit dem seine Oma schon gefahren war. Er pflegte es, schmierte die Kette mit Öl, tauschte die Glühbirne aus und freute sich beim Fahren am Surren des Dynamos. Alles Motorisierte war ihm zu schnell, aber ein Auspuffrohr so zu verändern, die Übersetzung so anzupassen, dass bei einem Mofa aus einer Höchstgeschwindigkeit von 25 Kilometer pro Stunde 40 bis 60 wurden, das erfüllte ihn mit Freude. Schon zu Schulzeiten hatte er seinen Freunden die Kniffe gezeigt und später, als sie Motorräder fuhren, wussten sie Bescheid und waren auf seine Hilfe nicht mehr angewiesen.

Nach einem Schluck Tee legte er den roten Einmachgummi über den Schraubenkopf und setzte den Schraubenzieher mit Nachdruck an, der jetzt richtig Halt fand und die Schraube nach und nach löste. Nachdem er Schraubenzieher, Gummi und Schraube beiseitegelegt hatte, hob er mit den Fingerspitzen das Schließblech ab, atmete es an, polierte es kurz und untersuchte das freigelegte Innere. Es war alles da und alles dort, wo es sein sollte: Drückerdorn, Falle, Drückernuss, Zuhaltefeder.

Die Sonne kam langsam durch die Fenster im Osten. Er mochte das morgendliche Licht im Laden. Die Kirchturmuhr schlug sieben Uhr und von der anderen Straßenseite konnte er die ersten Schulkinder hören. Sie sangen ein Lied. Er kannte die Melodie aus seiner Kindheit, der Titel des Liedes wollte ihm aber nicht einfallen.

Er begann die Drückernuss ein wenig auszufeilen, damit der Dorn wieder geschmeidig in die Nuss fallen konnte. Die Türglocke schreckte ihn auf. Er zögerte kurz und legte dann die Werkzeuge auf die feinen Stofflappen, wischte sich kurz die Hände am Tuch ab, das er immer an seinem Gürtel trug und prägte sich das vorhandene Bild sorgfältig ein. Zwar hatten sie noch geschlossen, aber einige hatten es sich angewöhnt, auch außerhalb der Öffnungszeiten zu klingeln, um nach Zylinderkopfschrauben, einem Küchenmesser oder einem Flickset fürs Fahrrad zu fragen. Er ging den Gang entlang vorbei an Hammer, Feilen, Zangen und warf von innen einen kurzen Blick in das Schaufenster, in dem er gestern die für das Frühjahr notwendigen Gartengeräte aufgestellt hatte und den Osterhasen, den er jedes Jahr wieder aus den Kiste im Keller hervorholte.

An den Zargen des Barts erkannte er den richtigen Schlüssel schon in der Hosentasche. Er hörte das Bellen von Tarzan und Jane durch die Tür und konnte durch das Glasfenster erkennen, wie sie daran hochsprangen. Die Ladenglocke klingelte beim Öffnen, Tarzan und Jane rannten auf ihn zu und leckten ihm zur Begrüßung mit ihren rauen Zungen über die Hände. Neben Hans, dem »Dorfsheriff«, stand eine jüngere Kollegin und gab ihm wortlos die Leine. Er machte die Hunde los und sie fanden ihren Weg zum Futternapf. Andi schloss die Tür und stand mit den beiden Beamten vor dem Laden auf der Straße. Keiner sagte was. Es roch nach Frühling. »Sie muss einfach umgefallen sein«, sagte Hans und Andi sah, wie die Augenlider der jungen Kollegin zuckten, sie schaute zu Boden. »Die Gertud hat sie liegen sehen und uns gerufen.« Gegenüber wurde ein Rollladen hochgezogen. Ein Fischreiher zog elegant und zerbrechlich Richtung Forellenbach.

Tarzan und Jane lagen auf der Decke unter seinem Tisch und blickten nur kurz auf, als er sich auf den Drehhocker setzte. Der Tee war mittlerweile kalt geworden. Er justierte die Lampe neu, rieb die Hände aneinander und widmete sich wieder dem Türschloss. Mit einer Feile ließ er den Widerstand zwischen Drückerdorn und Falle verschwinden, blies die feinen Metallraspeln vom Schloss auf das Tuch, versorgte alle notwendigen Stellen mit einem Tropfen Öl. Tarzan gähnte laut. Plötzlich fiel ihm der Titel des Kinderlieds ein. Vor dem Schließen des Schlosses überprüfte er noch mal die Funktionen. Alles in Ordnung.

Ein Schatz auf Schloss Baldern und Burg Katzenstein?

Daran wollte die gräfliche Familie Oettingen-Baldern, die das Schloss und die Burg am Rande des Nördlinger Ries bewohnte, gern glauben. So hätten sich ihre finanziellen Sorgen in Luft aufgelöst. Deshalb vertrauten sie dem Kapuzinerpater Guido aus dem Kloster Ellwangen, der behauptete, in einer Geistererscheinung von diesem Schatz erfahren zu haben. Im Jahre 1735 erhielt er den Auftrag, die Geister, die den Schatz bewachten, durch Exorzismus zu bezwingen.

Hartwig Büsemeyer lädt zu einer abenteuerlichen Reise in eine Zeit ein, in der Glauben und Aberglauben noch nahe beieinanderstanden und oft seltsame Verbindungen eingingen ...

Lebendig, spannend, mysteriös, atmosphärisch, fesselnd und humorvoll erzählt.

Diese Geschichte beruht auf Tatsachen und wurde von Hartwig Büsemeyer in detektivischer Feinarbeit brillant rekonstruiert.

einhorn

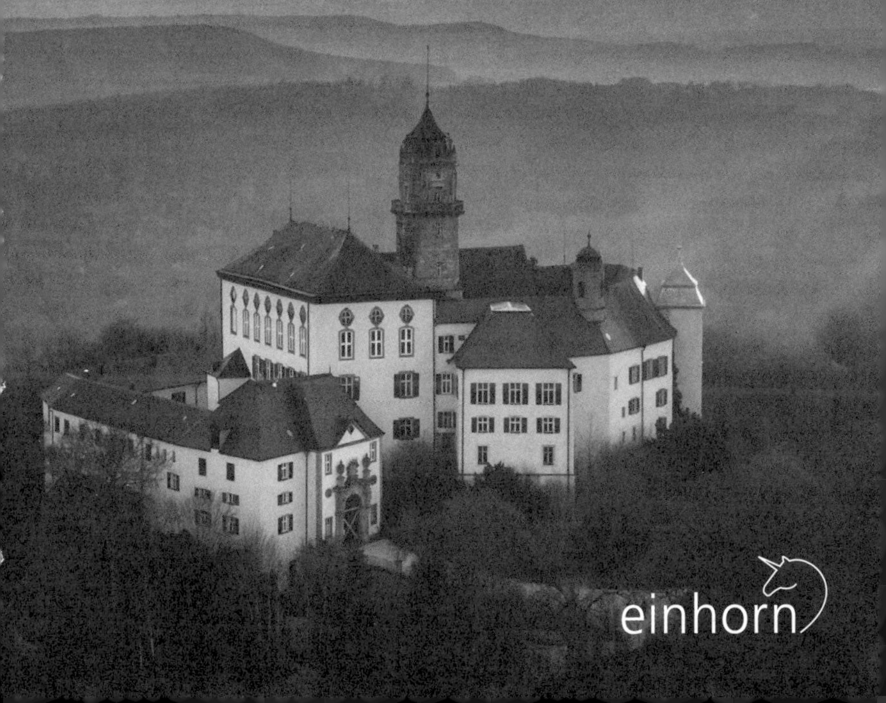